J.K.ローリング
日本語版監修・翻訳 松岡佑子

ファンタスティックビーストと魔法使いの旅

映画オリジナル
脚本版

静山社

Original Title :
Fantastic Beasts and Where to Find Them
The Original Screenplay

First published in print in Great Britain in 2016 by Little, Brown

Japanese dubbing for the Warner Bros.motion picture translated by Keiko Kishida

Translation of the original screenplay for publication by Yuko Matsuoka

現実世界の動物の慰者、
そして英雄の義父、ゴードン・マレイを偲んで

日本語版監修・翻訳　松岡佑子

目次

シーン1

屋外　ヨーロッパのどこか――1926年――夜

孤立《こりつ》し荒廃《こうはい》した巨大《きょだい》な城《しろ》が、暗闇《くらやみ》に浮《う》かび上《あ》がる。カメラは、霧《きり》に包まれた城《しろ》の外の、石畳《いしだたみ》の広場にフォーカス。不気味な静けさ。

五人の闇祓《やみばら》いが杖《つえ》を構《かま》え、用心しながら城《しろ》に迫《せま》っていく。突然《とつぜん》真っ白な光が炸《さく》裂《れつ》し、闇祓《やみばら》いたちを全員吹《ふ》き飛《と》ばす。

カメラはホイップ・パンして、広大な敷地《しきち》の入口に転がっている闇祓《やみばら》いの屍《しかばね》を映《うつ》す。画面に何者か（グリンデルバルド）の後《うし》ろ姿《すがた》が入ってくる。死体には目もくれず、彼《かれ》は夜空を見上げる。カメラはゆっくりとパン・アップして月に向かう。

モンタージュ

1926年の魔法界《まほうかい》のさまざまな新聞が、グリンデルバルドが世界中を襲撃《しゅうげき》していることを、大見出しで報道《ほうどう》している——

「グリンデルバルド、またしても欧州《おうしゅう》を襲撃《しゅうげき》」「ホグワーツ校、警備《けいび》を強化」「グリンデルバルドの行方《ゆくえ》は？」

魔法界《まほうかい》に深刻《しんこく》な脅威《きょうい》を与《あた》えるグリンデルバルドは、行方《ゆくえ》をくらましたままだ。新聞の動く写真が、破壊《はかい》された建物や火事の現場《げんば》、泣《な》き叫《さけ》ぶ被害者《ひがいしゃ》の姿《すがた》を報道《ほうどう》している。次々と入ってくる記事——全世界でグリンデルバルドの捜索《そうさく》が続いている。カメラは最後に「自由の女神」を掲《かか》げた記事に寄《よ》る。

場面切り替え

シーン2

屋外　ニューヨークに近づく船――翌朝《よくちょう》

まぶしく晴《は》れ渡《わた》ったニューヨーク。カモメが頭上を飛び交っている。

大きな客船が「自由の女神像《ぞう》」の前を滑《すべ》るように過《す》ぎていく。旅客たちが船側の手すりに寄《よ》りかかり、近づくニューヨークを眺《なが》めてワクワクしている。

カメラは、ベンチに腰掛《こしか》けた男性《だんせい》の後《うし》ろ姿《すがた》に寄《よ》る――ニュート・スキャマンダーだ。日に焼けた肌《はだ》、細身だが頑丈《がんじょう》そうな体に、古ぼけたブルーのコートを羽《は》織《お》っている。その横に、くたびれた茶色の革《かわ》のカバンが置かれている。留《と》め金《がね》の一つがパチッとひとりでに外れる。ニュートはすばやく屈《かが》んで留《と》め金《がね》を掛《か》けなおす。カバンを膝《ひざ》に乗せ、屈《かが》みこんでささやきかける。

ニュート　ドゥーガル――頼《たの》むからいい子にしてて。

もうすぐだよ。

シーン3

屋外　ニューヨーク――日中

ニューヨークの空撮

シーン4

屋外　客船／屋内　税関《ぜいかん》――

しばらく後――日中

混《こ》み合う船客の中に、船を下りていくニュートの姿《すがた》がある。カメラはそのカバンに寄《よ》る。

税関役人《ぜいかん》　（声のみo.s.）次の人。

ニュートが税関《ぜいかん》役人の前に立つ——船側にずらりと机《つくえ》だけが並《なら》び、米国税関《ぜいかん》の役人がいかめしい顔で検査《けんさ》している。役人の一人が、ニュートのかなり擦《す》り切《き》れた英国のパスポートを調べる。

税関役人《ぜいかん》　イギリス人だな？
ニュート　はい。
税関役人《ぜいかん》　ニューヨークは初めてか？
ニュート　はい。
税関役人《ぜいかん》　（ニュートのカバンを指して）食べ物は入っていないか？
ニュート　（なぜか胸《むね》のポケットを片手《かたて》で押《お》さえながら）いいえ。
税関役人《ぜいかん》　生き物は？

カバンの留《と》め金《がね》がまた開く。ニュートは下を向いて急いで閉《し》める。

ニュート　修理《しゅうり》しなくては――あ、いいえ。

税関《ぜいかん》役人　(疑《うたが》わしげに)中を見せてもらおうか。

ニュートはカバンを机《つくえ》の上に置き、気づかれないように留《と》め金《がね》のダイヤルを「マグル用」に切《き》り替《か》える。

税関《ぜいかん》役人がカバンをくるりと回して自分のほうに向け、留《と》め金《がね》を外して開ける。中身はパジャマや地図類、日誌《にっし》、目覚まし時計《とけい》、拡大鏡《かくだいきょう》、ハッフルパフのスカーフなどだ。役人はやっと納得《なっとく》してカバンを閉《し》める。

税関《ぜいかん》役人　ニューヨークへようこそ。

ニュート　ありがとう。

ニュートはパスポートを受け取ってカバンを手に持つ。

税関役人《ぜいかん》　はい、次！

ニュートが税関《ぜいかん》を通って出ていく。

シーン5　屋外　地下鉄のシティホール駅に近い街角――夕暮《ゆうぐれ》

細長い通りに、ブラウンストーンの石造《いしづく》りのタウンハウスが並《なら》んでいる。そのうちの一軒《けん》が破壊《はかい》されてばらばらになっている。報道陣《ほうどうじん》やカメラマンなどの雑多《ざった》な人たちが、何か事件《じけん》はないかとうろうろしているが、あまり興味《きょうみ》はなさそうだ。レポーターの一人が瓦礫《がれき》の中を歩き回りながら、興奮《こうふん》した中年の男性《だんせい》にインタビューしている。

目撃者《もくげきしゃ》　──そいつはまるで──風みたいだった。
それか──幽霊《ゆうれい》みたいだった──
でも黒っぽかった──で、そいつの目を見た──白く光る眼《め》だ
──

レポーター　（無表情《むひょうじょう》──手にメモ帳を持っている）──黒っぽい風──目
がある……

目撃者《もくげきしゃ》　──黒っぽい塊《かたまり》だ。で、そこに潜《もぐ》りこんだ。
地面の下に──嘘《うそ》じゃない……私《わたし》の目の前で地下に潜《もぐ》った。

倒壊《とうかい》した建物に向かって歩いてくる、パーシバル・グレイブスにズームする。
グレイブス──パリッとした服装《ふくそう》。とてもハンサム。40代前半。周囲の人間た

ちとは様子が違《ちが》う。警戒《けいかい》し、油断《ゆだん》なく張《は》りつめて、強い自信に満ちている。

カメラマン　（小声で s.v.）おい――何か分かったか?
レポーター　（小声で s.v.）黒っぽい風とかなんとかだとさ。
カメラマン　突風《とっぷう》じゃないのか。それとも電気とか。

グレイブスは壊《こわ》れた建物の石段《いしだん》を上がる。破壊《はかい》の現場《げんば》を興味《きょうみ》深《ぶか》げに注意深く調べる。

レポーター　おい――一杯《ぱい》やらないか?
カメラマン　いやあ、酒は断《た》ってる。マーサにやめるって約束したしな。

風が吹《ふ》き始め、悲鳴のような音を出しながら建物の周りで渦巻《うずま》く。グレイブスだけが関心を示《しめ》す。

突然《とつぜん》道路から衝撃音《しょうげき》が連続《れんぞく》して聞こえる。音がどこから聞こえるのかとみんなが振《ふ》り返《かえ》る。建物の壁《かべ》にひびが入り、床《ゆか》の瓦礫《がれき》が振動《しんどう》したかと思うと、地震《じしん》のように爆発《ばくはつ》して、何かが建物の外へと動き出し、道路の真ん中を引《ひ》き裂《さ》いて、荒々《あらあら》しく突進《とっしん》していく——人も車も吹《ふ》き飛《と》ばされる。

正体不明の力が空中に飛びあがり、旋回《せんかい》しながら、街中の路地という路地を突《とっ》進《しん》していく。やがて、衝撃《しょうげき》音とともに地下鉄の駅に潜《もぐ》る。

破壊《はかい》された道路を調べるグレイブスにズームする。

地下の奥底《おくそこ》から、吠《ほ》え声《ごえ》とも叫《さけ》び声《ごえ》ともつかない音が聞こえる。

シーン6 屋外　ニューヨークの街角——日中

街を行くニュートの姿《すがた》。周囲には無頓着《むとんちゃく》で、自分の世界のリズムで行動している。手には行き先を書いた小さな紙きれを握《にぎ》りしめている。それでも、あたりの見慣《みな》れないものに対しては、科学者らしい好奇心《こうきしん》を示《しめ》している。

シーン7 屋外　別の街角　シティ銀行の石段《いしだん》——日中

大きな声を聞きつけて興味《きょうみ》をそそられ、ニュートは「新セーレム救世軍」の集会に近づく。

1920年代版《ばん》の清教徒のドレスを着た、きりっとした中西部の女性《じょせい》、メアリー・ルー・ベアボーンが、カリスマ性《せい》と真剣《しんけん》な雰囲気《ふんいき》を漂《ただよ》わせ、シティ銀行の石段《いしだん》の一角に立っている。その後ろには、組織《そしき》のシンボルを縫《ぬ》い取《と》りした横断幕《おうだんまく》を掲《かか》げた男が歩き回っている——鮮《あざ》やかな黄色と赤の炎《ほのお》の中で、折れた魔法《まほう》の杖《つえ》を誇《ほこ》らしげに握《にぎ》る両手の図だ。

メアリー・ルー（集まった聴衆《ちょうしゅう》に向かって）……この偉大《いだい》なる街には、人間の輝《かがや》かしい発明があふれています。映画館《えいがかん》、自動車、無線通信、電気による明かりなど——どれも我々《われわれ》の目を眩《くら》ませ、魅了《みりょう》します！

ニュートは歩を緩《ゆる》め、外国の生物種でも見るような目でメアリー・ルーを見つめる。何の価値判断《かちはんだん》もせず、ただ興味《きょうみ》を持って見ている。そのそばに、帽子《ぼうし》を目深《まぶか》にかぶり、コートの襟《えり》を立て、ティナ・ゴールドスタインが立っている。食べているホットドッグのマスタードが、上唇《うわくちびる》に付いている。ニュートは聴衆《ちょうしゅう》の前のほうへ出ようとして、ティナにぶつかってしまう。

ニュート　あ……失礼。

メアリー・ルー　しかし、友よ、光あるところには必ず影《かげ》があるのです。何者かがこの町でうごめき、あちこちを破壊《はかい》しては、跡形《あとかた》もなく消え去っている……

ジェイコブ・コワルスキーが、落ち着かない様子で集会のほうに歩いてくる。体に合わない背広《せびろ》を着て、擦《す》り切《き》れた茶色の革《かわ》のカバンを下げている。

メアリー・ルー　（声のみo.s.）我々《われわれ》は戦わねばなりません――あなたも、新セーレム救世軍に加わってください！

ジェイコブが聴衆《ちょうしゅう》を掻《か》き分《わ》けて進もうとするはずみに、ティナを押《お》しのける。

ジェイコブ　お姉《ねえ》さん、ごめんよ。
銀行に行くんで、ちょっと通して――ハイ、ごめんなさいよ……

ジェイコブはニュートのカバンにつまずいて、一瞬《いっしゅん》姿《すがた》が見えなくなる。
ニュートが助け起こす。

ニュート　すみません――僕《ぼく》のカバンが――
ジェイコブ　いや、大丈夫《だいじょうぶ》――

ジェイコブはまた群衆《ぐんしゅう》を搔《か》き分《わ》けて進み続ける。メアリー・ルーのそばを通《とお》り過《す》ぎて、銀行の石段《いしだん》を上がっていく。

ジェイコブ　ハイ、ちょっと通して！

ニュートの周りで一騒動《ひとそうどう》あったので、メアリー・ルーの注意を引いてしまう。

メアリー・ルー　（ニュートに向かってやさしげに）あなた、我《わ》が友よ！　何を求めていらしたの？

ニュートは、自分が注目されていることに気付いて驚《おどろ》く。

ニュート　いえ……ただ……通りかかっただけで……

メアリー・ルー　あなたは探究者《たんきゅうしゃ》？　真理を追い求めるシーカー？

――間

ニュート　いや、僕《ぼく》はむしろ追及者《ついきゅうしゃ》、チェイサーです。

銀行に出入りする人たちにカメラを向ける。

立派《りっぱ》な身なりの紳士《しんし》が、階段《かいだん》に腰掛《こしか》けている物乞《ものご》いにコインを投げる。

スロー・モーションで落ちていくコインにズームする。

メアリー・ルー（声のみo.s.）お聞きなさい、私《わたし》のこの警告《けいこく》を……

ニュートのカバンの合わせ目のわずかな隙間《すきま》からのぞいている、カギ爪《づめ》のある小さな前足にカメラを向ける。

チャリンチャリンと大きな音を立てて石段《いしだん》に落ちるコインにカメラを向ける。

カバンをなんとかしてこじ開けようとしている小さな前足にカメラを向ける。

メアリー・ルー　……笑えるものなら笑えばいい。
我々《われわれ》の中に、魔女《まじょ》がいるのです！

メアリー・ルーの三人の養子がビラを配る。クリーデンス、チャスティティ、そして8歳《さい》の少女、モデスティだ。クリーデンスはおどおどして不安げな様子。

メアリー・ルー　（声のみ o.s.）戦わねばなりません。子どもたちのために――
そして未来のために！
（ニュートに向かって）友よ、どう思いますか？

メアリー・ルーのほうを見上げたニュートは、目の端《はし》で気がかりなものを見てしまう。ニフラー――もぐらとカモノハシを掛《か》け合《あ》わせたような、黒くてふわふわした小さな生き物――が銀行の石段《いしだん》に座《すわ》り、コインでいっぱいの物乞《ものご》いの帽子《ぼうし》を慌《あわ》てて引きずりこんで、柱の陰《かげ》に隠《かく》そうとしている。

ニュートは驚《おどろ》いて自分のカバンを見下ろす。

カメラをニフラーに向ける。おなかのポケットに物乞《ものご》いのコインを掻《か》き入《い》れるのに忙《いそが》しい。顔を上げたニフラーがニュートの視線《しせん》に気付き、残りのコインを大急ぎで集め、銀行に転《ころ》がりこむ。

ニュートが聴衆《ちょうしゅう》を掻《か》き分《わ》けて進む。

ニュート　すみません。通してください。

カメラをメアリー・ルーに向ける――ニュートが自分の主張《しゅちょう》に関心を示《しめ》さないので困惑《こんわく》している。

メアリー・ルー　（声のみ o.s.）魔女《まじょ》は我々《われわれ》の中にいるのです。

ニュートを不審《ふしん》そうに見ながら聴衆《ちょうしゅう》の中を進むティナにカメラを向ける。

シーン8　屋内　銀行のロビー――その直後――日中

銀行入口。威圧《いあつ》的に大きいアトリウム。その中央の金色のカウンターのむこうで、銀行員が忙《いそが》しく顧客《こきゃく》に対応《たいおう》している。

ニュートが入口に駆《か》けこんできて急停止し、問題の生き物を目で探《さが》す。ニュートの服装《ふくそう》も態度《たいど》も、立派《りっぱ》な格好《かっこう》をしたニューヨーカーの中では場違《ばちが》いだ。

銀行員　（怪《あや》しんで）お客様、何かお困《こま》りですか？

ニュート　ああ、いやちょっと……待っているだけです。

ニュートはベンチを手で示《しめ》して後ろに下がり、ジェイコブの隣《となり》に座《すわ》る。

ティナが柱の陰《かげ》からニュートを盗《ぬす》み見《み》ている。

ジェイコブ　（落ち着かない様子）やあ、今日《きょう》は何の用?

ニュートはニフラーを見つけようと必死になっている。

ニュート　あなたと同じ……

ジェイコブ　パン屋を開く資金《しきん》の相談に?

ニュート　（あたりを見回している——上《うわ》の空《そら》の返事）そう。

ジェイコブ　すごい偶然《ぐうぜん》だ。まあ、お互《たが》いにベストを尽《つ》くすしかないな。

ニュートがニフラーを発見。今度は誰《だれ》かのバッグからコインを盗《ぬす》もうとしている。

ジェイコブが握手《あくしゅ》しようと手を出すが、ニュートは立ち上がる。

ニュート　失礼します。

ニュートは走り去る。ベンチに大きな銀の卵《たまご》が残っている。

ジェイコブ　おい、あんた……おーい！

ニュートには聞こえていない。ニフラーを捕《つか》まえることで頭がいっぱいだ。

ジェイコブは卵《たまご》を取り上げるが、そのとき銀行頭取《とうどり》のオフィスが開いて、秘書《ひしょ》が顔を出す。

ジェイコブ　おーい、これ！

女性秘書《じょせいひしょ》　コワルスキーさん、ビングリーさんがお会いになります。

ジェイコブは卵《たまご》をポケットに入れ、気を奮《ふる》い立《た》たせてオフィスに向かう。

ジェイコブ　（小声で s.v.）よし……よっしゃ。

気付かれないように銀行の中を探《さが》し回《まわ》るニュートにカメラを向ける。ついに、女性《じょせい》の靴《くつ》からキラキラしたバックルを盗《ぬす》み取《と》っているニフラーを見つける。光るものがもっと欲《ほ》しくて、ニフラーはすばやく走り去る。

ニフラーはカバンからカバンへ、ハンドバッグの中へとしなやかに飛び回り、盗《ぬす》みを働き続ける。ニュートは見ているばかりでどうしようもない。

シーン9　屋内　ビングリーのオフィス——直後——日中

ジェイコブは完璧《かんぺき》なスーツ姿《すがた》の堂々たるビングリー氏の前にいる。ビングリーはジェイコブの提出《ていしゅつ》したパン屋のビジネス企画書《きかくしょ》を調べている。

いごこちの悪い沈黙《ちんもく》。時計《とけい》が時を刻《きざ》み、ビングリーがぶつぶつ言っている。

ジェイコブがポケットを見る——卵《たまご》が振動《しんどう》し始めている。

ビングリー　今のお仕事は……缶詰《かんづめ》工場ですか？
ジェイコブ　ほかに職《しょく》がなくて——戻《もど》ったばかりなんです。二年前に。
ビングリー　戻《もど》ったとは？
ジェイコブ　ヨーロッパにいましてね——ええ——遠征軍《えんせいぐん》に参加して——

ジェイコブはすっかり上がっている。冗談《じょうだん》を言えば希望がかなえられるかもしれないというむなしい期待から、「遠征軍《えんせいぐん》」と言いながら塹壕《ざんごう》を掘《ほ》る格好《かっこう》をしてみせる。

シーン10 屋内　銀行の窓口《まどぐち》――同じころ――日中

銀行内のニュートにカメラを戻《もど》す――ニフラーを追っているうちに、窓口《まどぐち》に並《なら》ぶ羽目になってしまった。首を伸《の》ばして、列の先頭にいる女性《じょせい》のバッグを盗《ぬす》み見《み》ている。ティナは柱の陰《かげ》からニュートを観察している。

ベンチの下にじゃらじゃら落ちてくるコインにカメラを向ける。

ニュートにカメラを向ける。コインの音を聞きつけてニュートが振《ふ》り返《かえ》ると、急いでコインを掻《か》き集《あつ》める小さな前足が見える。

ベンチの下で満足げに座《すわ》っている、おなかのふくれたニフラーにカメラを向ける。それでもまだ飽《あ》き足らず、小さな犬の首にぶら下がっているピカピカの鑑札《かんさつ》に気を取られている。ニフラーは、ゆっくりと大胆《だいたん》にも犬のほうに進み――手を伸《の》ばして鑑札《かんさつ》をつかもうとする。犬はうなり声をあげ、吠《ほ》える。

ニュートがダッシュしてベンチの下に潜《もぐ》る――ニフラーは走り出し、銀行窓口《まどぐち》の格子《こうし》を飛《と》び越《こ》えて、ニュートの手の届《とど》かないところに逃《に》げる。

シーン11　屋内　ビングリーのオフィス——その直後——日中

ジェイコブは誇《ほこ》らしげにカバンを開ける。中にはいろいろなホームメイドの菓《か》子《し》パンが並《なら》んでいる。

ジェイコブ　（声のみ o.s.）どうぞ。
ビングリー　コワルスキーさん——
ジェイコブ　——おすすめはこのポーンチキーというポーランドのドーナツ。これはね、おばあちゃん直伝《じきでん》なんです、オレンジの皮が——どうか——

ジェイコブがポーンチキーを差し出す……ビングリーは無関心だ。

ビングリー　コワルスキーさん、銀行に担保《たんぽ》として提示《ていじ》できるものをお持ちですかな？

ジェイコブ　担保《たんぽ》？

ビングリー　担保《たんぽ》です。

ジェイコブはこれではどうかと、期待を込《こ》めて菓子《かし》パンを指す。

ビングリー　今は機械がありますからね。ドーナツなら一時間に何百個《こ》も作れる――

ジェイコブ　そうですけど、俺《おれ》が焼くパンはどこの誰《だれ》にもまねできない――

ビングリー　コワルスキーさん、銀行としては危《あぶ》ない橋は渡《わた》れません。お引き取りください。

ビングリーはそっけなく机《つくえ》の上のベルを鳴らす。

シーン12

屋内　銀行窓口《まどぐち》の裏側《うらがわ》――
その直後――日中

ニフラーは、金貨を詰《つ》めた袋《ふくろ》を満載《まんさい》したカートの上に座《すわ》りこみ、金貨をおなかの袋《ふくろ》にせっせと詰《つ》めこんでいる。ニュートは、警備《けいび》用の格子《こうし》越《ご》しに呆然《ぼうぜん》と見つめるしかない。警備員《けいびいん》はニフラーを乗せたままカートを押《お》して、廊下《ろうか》を遠ざかっていく。

シーン13

屋内　銀行のロビー――
同じころ――日中

ジェイコブがしょんぼりとビングリーのオフィスを出てくる。膨《ふく》らんだポケッ

ト が震《ふる》える。ジェイコブはびっくりして卵《たまご》を取り出し、あたりを見回す。

ニフラーにカメラ。まだカートに乗ったままだ。カートがエレベーターに運びこまれようとしている。

ジェイコブにカメラ。離《はな》れたところにいるニュートを見つける。

ジェイコブ おーい、イギリス人さん！ 卵《たまご》が孵《かえ》りそうだぞ。

ニュートは、ジェイコブと閉《し》まりかけのエレベーターのドアの両方を急いで見て、即座《そくざ》にどうするかを決める。杖《つえ》をジェイコブに向ける。ジェイコブも卵《たまご》も、銀行入口のアトリウムからニュートのほうに魔法《まほう》で引《ひ》き寄《よ》せられる。次の瞬間《しゅんかん》、二人は「姿《すがた》くらまし」する。

柱の陰《かげ》のティナは、信じられないという顔で目を見張《みは》る。

シーン14 屋内 銀行のバックオフィス／階段《かいだん》――日中

ニュートとジェイコブが、銀行窓口《まどぐち》係や警備員《けいびいん》を一挙に通《とお》り越《こ》して、銀行の金庫に通じる狭《せま》い吹《ふ》き抜《ぬ》け階段《かいだん》に「姿現《すがたあらわ》し」する。

ニュートは、ジェイコブからそっと孵《かえ》りかけの卵《たまご》を受け取る。卵《たまご》から小さな青い蛇《へび》のような鳥――オカミー――の姿《すがた》が現《あらわ》れる。ニュートはすっかり感動して、同じ反応《はんのう》を期待するかのようにジェイコブを見る。

ニュートはひなを抱《かか》えて、ゆっくりと階段《かいだん》を下りる。

ジェイコブ　何なんだ……？

すっかり混乱《こんらん》したジェイコブは、階段《かいだん》上の、銀行のアトリウムを見上げる。ビングリーがやってくるのを見て、ジェイコブは階段《かいだん》下に隠《かく》れる。

ジェイコブ　（独《ひと》り言《ごと》）あそこにいたよな、俺《おれ》——確《たし》かに、あそこに——いたよな？

シーン15　屋内　銀行の地下、中央金庫に続く廊下《ろうか》——日中

カメラはジェイコブの主観《しゅかん》ショット——ニュートがしゃがんでカバンを開け、ささやきかけながらオカミーのひなを大事そうに中に入れる。

ニュート　ほら、お入《はい》り……

ジェイコブ　（声のみo.s.）あのなあ？

ニュート　いい子だから――みんなじっとして。
こら、ドゥーガル、だめだよ。おとなしくしないと、僕《ぼく》がおり
ていくぞ……

ジェイコブはニュートを見つめながら廊下《ろうか》を歩いている。

ニュートの胸《むね》ポケットから奇妙《きみょう》な緑の生き物が顔を出している。ナナフシ虫と植物を一緒《いっしょ》にしたような生き物が、興味津々《きょうみしんしん》で外をのぞいている。ボウトラックルのピケットだ。

ニュート　僕《ぼく》が下におりなくてもいいように、いい子にしてて。

目を上げたニュートは、中央金庫の施錠《せじょう》された扉《とびら》の隙間《すきま》から中に入ろうとしているニフラーを見つける。

ニュート　そうはさせないぞ！

ニュートが杖《つえ》を取り出し、金庫に向ける。

ニュート　アロホモラ。

金庫の錠《じょう》や歯車が回る。

ビングリーが角を曲がってくるのと同時に、金庫のドアが開き始める。

ビングリー　（ジェイコブに）ああ、それじゃ、金庫の金を盗《ぬす》もうっていうのか？

ビングリーが壁《かべ》の非常《ひじょう》ベルを押《お》す。警報《けいほう》が鳴る。ニュートが杖《つえ》を向けて……

ニュート　ペトリフィカス・トタルス、石になれ！

ビングリーは突然《とつぜん》固まり、床《ゆか》にあおむけに倒《たお》れる。ジェイコブはあっけにとられる。

ジェイコブ　ビングリーさん！

金庫の扉《とびら》が大きく開く。

ビングリー　（固まったまま）……コワルスキー！

ニュートは急いで金庫に入る。何百という預金《よきん》の引出しが開けられていて、コインの山の上に座《すわ》っているニフラーを見つける。すでに一杯《いっぱい》で溢《あふ》れているおなかのポケットに、もう一本金塊《きんかい》を押《お》しこもうとしながら、ニフラーは反抗《はんこう》的な目でニュートを見る。

ニュート　まったく、もう!?

ニュートはニフラーをがっちり押《お》さえ、後足をつかんで逆《さか》さにして振《ふ》る。とんでもない量の金目のものが、あとからあとから出てくる。

ニュート　（ニフラーに）だめだよ……

ジェイコブは信じられないという顔であたりを見回す。どうなることかと怖《こわ》くて、落ち着かない。

叱《しか》っても、ニュートはニフラーがかわいい。ニヤッと笑いながらニフラーのおなかをくすぐると、お宝《たから》がまだまだ溢《あふ》れ出《で》てくる。

階段《かいだん》に足音が聞こえ、武装《ぶそう》した警備員《けいびいん》たちが駆《か》け下《お》りてきて、金庫前の廊下《ろうか》に現《あらわ》れる。

ジェイコブ　（慌《あわ》てふためいて）まずい……違《ちが》うんだ……待って……撃《う》たないで！

ニュートはすばやくジェイコブをつかみ、ニフラーとカバンも一緒《いっしょ》に「姿《すがた》くらまし」する。

シーン16　屋外　銀行脇《わき》の人気《ひとけ》のない横丁――日中

ニュートとジェイコブは、横丁に「姿現《すがたあらわ》し」する。銀行からは警報《けいほう》が聞こえ、横丁の出口には人だかりが見える。警官《けいかん》がやってくる。

銀行から走り出たティナが入口脇《わき》の手すりから下を見ると、逃《に》げようとするニフラーをカバンに押《お》しこもうと格闘《かくとう》しているニュートと、怯《おび》えて壁《かべ》に張《は》り付《つ》いているジェイコブが見える。

ジェイコブ　ああああ！

ニュート　このコソ泥《どろ》め！　何度も言い聞かせたじゃないか——他人《ひと》のものを取っちゃだめ！

ニュートがカバンを閉《し》めてジェイコブに向き直る。

ニュート　巻《ま》きこんですみません——

ジェイコブ　あれ、いったい何だったんだ？

ニュート　あなたには関係ない。ただあいにく、あなたはいろいろ見すぎた。

ちょっとそのまま立っててください——すぐ済《す》みますから。

ニュートは杖《つえ》を探《さが》そうとしてジェイコブに背《せ》を向ける。ジェイコブは自分のカバンを拾い上げ、そのカバンで思いっきりニュートを殴《なぐ》る。ニュートは地面に倒《たお》れる。

ジェイコブ　ごめんよ——

ジェイコブは命からがら逃《に》げる。

ニュートはしばらく頭を押《お》さえているが、ジェイコブのほうを見る。ジェイコブは横丁を走り出て、人ごみの中に逃《に》げこむ。

ニュート　まいったな！

ティナが意を決して横丁を歩いてくる。ニュートは気を取り直し、カバンを取り上げて、何事もなかったかのようにティナのほうに歩いていく。すれ違《ちが》いざま、ティナがニュートの肘《ひじ》をつかんで「姿《すがた》くらまし」する。

シーン17　屋外　銀行の向かい側の狭《せま》い横丁——日中

ティナとニュートが狭苦《せまくる》しいレンガ造《づく》りの横丁に「姿現《すがたあらわ》し」する。パトカーのサイレンが背後《はいご》でまだ鳴っている。

ティナは息を切らし、信じられないという顔でニュートと向かい合う。

ティナ　あなたいったい何者なの？

ニュート　え？
ティナ　あなた、誰《だれ》なの？
ニュート　ニュート・スキャマンダー。あなたは？
ティナ　カバンの中のあれは何？
ニュート　僕《ぼく》のニフラー。
（ホットドッグのマスタードがティナの口にまだ付いているのを指さして）あの、何か付いてますよ、そこ——
ティナ　いったいぜんたい《デリベランス・ディン》、どうしてあれを逃《に》がしたりしたの？
ニュート　わざとじゃない——あいつ、手に負えないんだ。なにせ光るものに目がなくて——
ティナ　わざとじゃない？
ニュート　ええ。
ティナ　よりによってこんな時に騒《さわ》ぎを起こすなんて！　難《むずか》しい状況《じょうきょう》なのよ！　連行します。
ニュート　えっ？　連行って、どこへ？

ティナが身分証明書《しょうめいしょ》を出す。動く写真と、MACUSA《マクーザ》のシンボル、白頭鷲《はくとうわし》の印がある。

ティナ　アメリカ合衆国魔法議会《がっしゅうこくまほうぎかい》よ。
ニュート　（不安そうに）あなたはマクーザの人？　捜査官《そうさかん》か何かなの？
ティナ　（口ごもる）ん。

ティナが身分証明書《しょうめいしょ》をさっとコートに戻《もど》す。

ティナ　あのノー・マジはちゃんと処理《しょり》したでしょうね？
ニュート　え、何を？
ティナ　（いらいらしてくる）ノー・マジよ！　ノー・マジック――
ニュート　非《ひ》・魔法族《まほうぞく》よ！
ニュート　ああ、失礼、僕《ぼく》たちはマグルって呼《よ》んでいるので。

ティナ　（いよいよ心配になってくる）記憶《きおく》は消したんでしょうね？
ニュート　カバンを持ったあのノー・マジの――
ティナ　あ……
（驚愕《きょうがく》して）第3条《じょう》のAに反するわ。
スキャマンダーさん、連行します。

ティナはニュートの腕《うで》をつかみ、二人《ふたり》は再び「姿《すがた》くらまし」する。

シーン18　屋外　ブロードウェイ――日中

にぎやかな街角に、彫刻《ちょうこく》の装飾《そうしょく》を施《ほどこ》した驚《おどろ》くほど超高層《ちょうこうそう》のビルが建っている
――ウールワース・ビルだ。

ニュートとティナはこのビルに向かって、急ぎ足でブロードウェイを歩いている。

ティナはニュートの袖《そで》をつかんで、ほとんどニュートを引きずっている。

ティナ　来て。

ニュート　あの――すまないけど、僕《ぼく》はいろいろ用事があって。

ティナ　あら、そう。そっちはまたにして。

ティナは無理やりニュートを引《ひ》っ張《ぱ》って、混《こ》み合う通りを縫《ぬ》っていく。

ティナ　そもそも何しにニューヨークへ？

ニュート　バースデー・プレゼントを買いに。

ティナ　ロンドンでは買えないわけ？

二人はウールワース・ビルにたどり着く。大勢《おおぜい》の社員が、大きな回転扉《とびら》を出入りしている。

ニュート　いいや、アパルーサ・パフスケインのブリーダーは、ここニューヨークにしかいないんだ。だから……

ティナは、マントを着た警備員《けいびいん》のいる通用ドアにニュートを押《お》しやる。

ティナ　（警備員《けいびいん》に）第3条《じょう》のAよ。

警備員《けいびいん》はすぐさまドアを開く。

シーン19　屋内　ウールワース・ビル受付――日中

1920年代のごく普《ふ》通《つう》のオフィスの入口。大勢《おおぜい》の人が動き回り、おしゃべりしている。

ティナ　（声のみ o.s.）あのね、言っとくけど、ニューヨークでは魔法《まほう》動物の飼育《しいく》は禁止《きんし》なの。
そのブリーダーは一年前に廃業《はいぎょう》させたわ。

カメラをパンして、ニュートを連れて入ってくるティナを映す。入るなり、入口全体が魔法《まほう》で変貌《へんぼう》し、ウールワース・ビルから「アメリカ合衆国魔法議会《がっしゅうこくまほうぎかい》（MACUSA《マクーザ》）」になる。

シーン20　**屋内　マクーザのロビー――日中**

カメラはニュートの主観ショット。二人は広い階段《かいだん》を上り、メイン・ロビーに入る。ありえないほど高い円天井《まるてんじょう》の下に、壮大《そうだい》な空間が広がっている。

上のほうに、たくさんの歯車と文字盤《もじばん》の付いた巨大《きょだい》な時計《とけい》のようなダイヤルがあり、「**魔法暴露警告《まほうばくろけいこく》レベル**」と書かれている。文字盤《もじばん》の針《はり》が、「**深刻《しんこく》――不可《ふか》解《かい》な活動**」を指している。その後ろに、威厳《いげん》のある美しい魔女《まじょ》の、見上げるように大きな肖像画《しょうぞうが》が掛《か》かっている。マクーザのセラフィーナ・ピッカリー議長だ。

ふくろうが飛び回り、1920年代の服を着た魔法使《まほうつか》いたちが忙《いそが》しく働いている。ティナは感心した表情《ひょうじょう》のニュートを導《みちび》いて、人波の中を進む。途中《とちゅう》、何人かの魔法使《まほうつか》いが腰掛《こしか》けて、杖磨《つえみが》きの順番待ちをしているところを通《とお》り過《す》ぎる。屋《や》敷《しき》しもべ妖精《ようせい》が、複雑《ふくざつ》な羽根の仕掛《しか》けを使って、杖《つえ》を磨《みが》いている。

二人はエレベーターの前に来る。ドアが開くと、ベルボーイのゴブリン、レッドが現《あらわ》れる。

レッド　やあ、ゴールドスタイン。

ティナ　ハイ、レッド。

ティナがニュートを中に押《お》しこむ。

シーン21　屋内　エレベーター――日中

ティナ　（レッドに）調査《ちょうさ》本部へお願い。
レッド　でも、あんたはもう……
ティナ　調査《ちょうさ》本部よ！　第3条《じょう》のAなんだから！

レッドはかぎ爪《づめ》のついた長い棒《ぼう》を使って、手の届《とど》かないボタンを押《お》す。エレベーターが下りていく。

シーン22 屋内 調査《ちょうさ》本部——日中

新聞にズームする——ニューヨーク・ゴースト紙——大見出しは「**魔法**《まほう》**の乱**《みだ》**れ——魔**《ま》**法**《ほう》**の存在暴露**《そんざいばくろ》**の危機**《きき》」

闇祓《やみばら》いの最高幹部《かんぶ》が集って、深刻《しんこく》な議論《ぎろん》をしている。その中に、新聞を調べるグレイブスの顔がある。昨夜の不可解《ふかかい》な物体との遭遇《そうぐう》で、顔に傷《きず》を負っている。ピッカリー議長その人もいる。

ピッカリー議長　国際魔法使《こくさいまほうつか》い連盟《れんめい》も、グリンデルバルドの攻撃《こうげき》がアメリカに飛び火したのではと考えており、代表団《だん》を派遣《はけん》すると警告《けいこく》しています。

グレイブス　この目で見ましたが、獣《けもの》の仕業《しわざ》です。ピッカリー議長、人間にはこんなことはできません。

ピッカリー議長　（声のみ o.s.）何にせよ、こんな騒動《そうどう》は止《と》めなければなりません。
ノー・マジがおびえています。彼《かれ》らはおびえると攻撃的《こうげき》になる。魔法《まほう》の存在《そんざい》が暴露《ばくろ》されれば、戦争になるかもしれません。

足音がして、一同がそのほうを振《ふ》り向《む》く。ティナがニュートを連れて用心深く入ってくる。

ピッカリー議長　（怒《いか》りを抑《おさ》えながら）ミス・ゴールドスタイン、あなたの立場ははっきりさせたはずですよ。
ティナ　（恐《おそ》れて）はい、ピッカリー議長、でも私《わたし》は……
ピッカリー議長　もう闇祓《やみばら》いではないはずです。
ティナ　はい、でも議長、実はその……
ピッカリー議長　ゴールドスタイン。
ティナ　ちょっとした事件《じけん》がありまして……

ピッカリー議長　この調査《ちょうさ》本部は今、重大な事件《じけん》を審議《しんぎ》中です。出ていきなさい。

ティナ　（辱《はずかし》められて）はい、議長。

ティナは、わけのわからない顔のニュートを押《お》して、エレベーターに向かう。グレイブスがその後姿《うしろすがた》を見送る。彼《かれ》だけが同情《どうじょう》しているように見える。

シーン23　屋内　魔《ま》法《ほう》省《しょう》の地下――日中

エレベーターは長い昇降路《しょうこうろ》を急降下《きゅうこうか》する。

ドアが開くと、狭《せま》くて窓《まど》もない、息苦しい地下の部屋《へや》に続いている。上階とは痛々《いたいた》しいまでに対照的だ。ここは明らかに、全く将来性《しょうらいせい》のない者が働く場所だ。

誰《だれ》もいないのに仕事をしている百台ものタイプライターの中を、ティナがニュートを連れて通《とお》り過《す》ぎる。絡《から》み合《あ》ったガラスのパイプが天井《てんじょう》から垂《た》れ下《さ》がっている。

タイプライターから打ち出されるメモや書式は、勝手に折り紙でネズミの形になり、ちょろちょろと上階につながるパイプに走りこんで、宛先《あてさき》のオフィスに移《い》動《どう》する。二匹《ひき》の紙ネズミが衝突《しょうとつ》して争いになり、両方ともビリビリに破《やぶ》ける。

ティナは部屋《へや》の薄暗《うすぐら》い隅《すみ》に向かう。「**魔法《まほう》の杖《つえ》 許可局《きょかきょく》**」の看板《かんばん》がある。

ニュートは看板《かんばん》の下をくぐる。

シーン24 屋内 魔法《ま ほう》の杖《つえ》 許可局《きょ か きょく》——日中

「魔法《まほう》の杖《つえ》 許可局《きょかきょく》」は戸棚《とだな》よりわずかに大きいくらいの広さだ。開封《かいふう》されていない申請書《しんせいしょ》が山積みになっている。

ティナは机《つくえ》の向こう側で立ち止まり、コートと帽子《ぼうし》を脱《ぬ》ぐ。ニュートの前で、失った威厳《いげん》を取《と》り戻《もど》そうとして事務的《じむてき》にふるまい、忙《いそが》しそうに書類を調べる。

ティナ それで、杖《つえ》の許可証《きょかしょう》は持ってるの? 外国から来たなら、ニューヨークでは必要よ。

ニュート (嘘《うそ》をつく)あ……何週間か前に郵便《ゆうびん》で申請《しんせい》しました。

ティナ (机《つくえ》に腰掛《こしか》けて、クリップボードに走り書きする)スキャマンダーっと……

(この人はかなり怪《あや》しい、と思いながら)それで、あなた、赤

ニュート　道ギニアに行ってたの？
ニュート　一年の現地調査《げんちちょうさ》を終えたばかりで、魔法《まほう》動物の本を書いてるところです。
ティナ　駆除《くじょ》の仕方の本――とか？
ニュート　いや、殺すんじゃなく、保護《ほご》する必要があることを分かってもらうための本です。
アバナシー　（声のみ o.s.）ゴールドスタイン？
どこだ？
どこ行った？
ゴールドスタイン！

ティナは、パッと机《つくえ》の下に潜《もぐ》りこむ。ニュートがおもしろがる。
アバナシーは小役人根性《こんじょう》の威張《いば》ったやつ。ティナの隠《かく》れている場所にすぐに気付く。

アバナシー　ゴールドスタイン！

ティナは、うしろめたそうな顔で、そろそろと机《つくえ》の後ろに現《あらわ》れる。

アバナシー　君はまた、調査《ちょうさ》部の邪魔《じゃま》をしてきたのか？

ティナは自己弁護《じこべんご》しようとするが、アバナシーが話し続ける。

アバナシー　どこにいた？

ティナ　（ばつが悪そうに）え……？

アバナシー　（ニュートに）どこで君を拾ったのかね？

ニュート　僕《ぼく》を？

ニュートは急いでティナを見るが、ティナはすがるような表情《ひょうじょう》で首を横に振《ふ》る。

ニュートは口をつぐむ――二人の間に暗黙《あんもく》の了解《りょうかい》が成り立つ。

アバナシー　（情報《じょうほう》が得られないので焦《じ》れて）また「新セーレム救世軍」を追っかけてたのか？

ティナ　とんでもありません。

グレイブスがすぐそこに来る。アバナシーはたちまち低姿勢《ていしせい》になる。

アバナシー　ようこそ、グレイブス長官！

グレイブス　邪魔《じゃま》するよ、あー、アバナシー。

ティナが進み出て、グレイブスに改まって話しかける。

ティナ　（訴《うった》えの内容《ないよう》を聞いてもらいたくて、早口で話す）グレイブス長官、この人はスキャマンダーさんです――、そのカバンにとんでもない動物が一匹《ぴき》いて、逃《に》げ出《だ》して銀行が大騒《おおさわ》ぎになりました。

グレイブス　そいつを見せてもらおうか。

やっと自分のいうことが聞いてもらえて、ティナはほっとする。ニュートが異《い》議《ぎ》を申し立てようとする――ニフラー一匹《ぴき》にしては不釣《ふつ》り合いなほどに慌《あわ》てている――しかしグレイブスは無視《むし》する。

ティナは大げさにカバンを机《つくえ》の上に置き、パッと開ける。中身を見て口もきけないほど驚《おどろ》く。

カバンの中身にカメラを向ける――菓子《かし》パンがぎっしりだ。ニュートが心配そうに近づく。中身を見て、ニュートもショックを受ける。グレイブスは困惑《こんわく》した様子だが、苦笑いする――またしてもティナの失敗だ。

グレイブス　ティナ……

グレイブスが去る。ニュートとティナが顔を見合わせる。

シーン25　屋外　ローワー・イースト・サイドの街角――日中

ジェイコブがカバンを手に、手押《てお》し車《ぐるま》式の屋台や、みすぼらしい小さな店、安アパートなどの並《なら》ぶ薄暗《うすぐら》い街をどんどん歩いていく。背後《はいご》を気にして何度もびくびく振《ふ》り返《かえ》る。

シーン26　屋内　ジェイコブの部屋《へや》の中――日中

小さな汚《きたな》い部屋《へや》。安っぽい家具が少し置かれているだけ。

ジェイコブがベッドに投げ出したカバンにズームする。ジェイコブは壁《かべ》にかかっている祖母《そぼ》の写真を見上げる。

ジェイコブ　ごめんな、ばあちゃん。

落胆《らくたん》し疲《つか》れたジェイコブは、両手で頭を抱《かか》えて机《つくえ》の前に座《すわ》りこむ。その背後《はいご》で、カバンの留《と》め金《がね》の片方《かたほう》がパチッと開く。ジェイコブが振《ふ》り返《かえ》る……

ジェイコブはベッドに座《すわ》ってカバンを調べる。もう片方《かたほう》の留《と》め金《がね》も勝手に開き、カバンが揺《ゆ》れだす。動物の攻撃《こうげき》的な音が中から聞こえる。ジェイコブはそろりそろりと後退《あとずさ》る。

ジェイコブが恐《おそ》る恐《おそ》る前かがみになる……突然《とつぜん》カバンがパッと開いて、マートラップが飛び出す――ネズミに似《に》た生き物で、背中《せなか》にイソギンチャクのようなものが生えている。ジェイコブが押《お》さえこんで、暴《あば》れるマートラップを両手でしっかりつかむ。

カメラをさっとカバンに向ける。カバンが再《ふたた》び勢《いきお》いよく開いて、目に見えない何かが飛び出し、天井《てんじょう》にぶつかり、窓《まど》ガラスを割《わ》って出ていく。

マートラップが手から飛び出し、ジェイコブの首を噛《か》む。噛《か》まれた反動で、ジェイコブは家具にぶつかりながら転び、床《ゆか》に倒《たお》れる。

画面には見えないが、いろいろな生き物が逃《に》げ出《だ》すにつれて、部屋《へや》が激《はげ》しく揺《ゆ》れ、ジェイコブの祖母《そぼ》の写真の掛《か》かった壁《かべ》がひび割《わ》れ始めて、ついに爆発《ばくはつ》する。

シーン27 屋内 新セーレム救世軍教会のメイン・ホール――日中――モンタージュ

窓《まど》が黒く塗《ぬ》られた薄暗《うすぐら》い木造《もくぞう》の教会。モデスティが、高い中二階のバルコニーで、チョークで書いた枠《わく》を使って、ひとりでケンケン遊びをしている。

モデスティ ♪マ～マとおばさん 魔女狩《まじょが》りに
マ～マとおばさん 空を飛ぶ
マ～マとおばさん 魔《ま》～女《じょ》は涙《なみだ》を流さない
マ～マとおばさん 魔女《まじょ》は死ぬ！
魔女《まじょ》1号は おぼれ死に
魔女《まじょ》2号は 首吊《つ》った

少女が歌う間、カメラは教会内部のさまざまな宣伝物《せんでんぶつ》を見せる――メアリー・

ルーのキャンペーンを広報《こうほう》するパンフレットや、反魔女《まじょ》の大横断幕《おうだんまく》などだ。

シーン28 屋内 新セーレム救世軍教会、メイン・ホール――日中

鳩《はと》が一羽《わ》、高窓《たかまど》の外で鳴いている。クリーデンスが鳩《はと》を見上げながら一歩踏《ふ》み出《だ》して、機械的に手を叩《たた》く。鳩《はと》が飛び去る。

カメラは、教会の建物の中を抜《ぬ》けて、通りに面する大きな二重扉《とびら》を開けるチャスティティを追う。

シーン29　屋外　新セーレム救世軍の裏庭《うらにわ》――日中

チャスティティが中から出てきて、大きなディナーベルを鳴らす。

シーン30　屋内　新セーレム救世軍教会、メイン・ホール――日中

モデスティはケンケン遊びを続けている。クリーデンスが立ち止まって、モデスティのむこうにあるドアのほうを見る。

モデスティ　♪魔女《まじょ》3号は　火あぶりに
魔女《まじょ》4号は　むち打ちだ

子どもたちが次々に教会に入っていく。

タイムカット

列に並《なら》んで、もっと前に出ようと押《お》し合っている子どもたちに、茶色いスープが配られている。

エプロンをかけたメアリー・ルーが、満足げに、子どもたちの群《む》れを押《お》し分《わ》けて歩いていく。

メアリー・ルー　みんな、食べる前にちゃんとビラを受け取るんですよ。

数人の子どもが、ツンとしてキャンペーンのビラを配っているチャスティティのほうを見る。

タイムカット

メアリー・ルーとクリーデンスがスープを配る。クリーデンスは一人《ひとり》一人《ひとり》の顔をじっと見る。

顔にあざのある少年が列の先頭に来る。クリーデンスは手を止めて少年を見つめる。メアリー・ルーが手を伸《の》ばして、少年の顔にさわる。

アザのある少年 おばさん、このアザ、魔女《まじょ》のしるしなの？

メアリー・ルー いいえ、この子は大丈夫《だいじょうぶ》。

少年はスープを受け取って列を離《はな》れる。クリーデンスがスープを配り続けながら少年を目で追う。

シーン31 屋外 ローワー・イースト・サイドの広い通り――午後

通りのずっと上を飛んでいるビリーウィグ――頭にヘリコプターのような羽根を持つ小さなブルーの昆虫《こんちゅう》――にズームする。

ティナとニュートがその通りを歩いている。ティナがカバンを持っている。

ティナ （ほとんど泣きだしそう）どうしてあの人をオブリビエイトしなかったの！ 尋問《じんもん》になったら、私《わたし》はもうおしまいだわ！

ニュート なんで君が？ 悪いのは僕《ぼく》なのに……

ティナ 私《わたし》、新セーレム救世軍に近づいちゃいけなかったの！

ビリーウィグが二人の頭上を飛んでいく。上を見たニュートがぎょっとなって見つめる。

ティナ　今のは何？

ニュート　うーん……蛾《が》じゃないかな。大きな蛾《が》。

ティナはこの説明はあやしいと思う。二人が角を曲がると、崩《くず》れた建物の前に人だかりがしている。大声で叫《さけ》ぶ人もいれば、急いで建物から避難《ひなん》する人もいる。警官《けいかん》が一人、その中に立ち、安アパートの住人の不平不満に困《こま》りきっている。

ジャンプカット

ニュートとティナが人だかりの周りを歩いていく。その後ろに、警官《けいかん》の注意を引こうとしているほろ酔《よ》いの浮浪者《ルンペン》が見える。

警官《けいかん》　こら！　こらこら！　静かに！　今事情《じじょう》を聞いてるんだ。
主婦《しゅふ》　おまわりさん！　だから言ってるでしょ。またガス爆発《ばくはつ》よ。危《あぶ》なくて戻《もど》れないわ。子どももいるんだから！
警官《けいかん》　でも、奥《おく》さん、ガスのにおいなんてしませんよ。
浮浪者《ルンペン》　（酔《よ》っぱらっている）いンや　ガスなんかじゃねえよ——おまわりさん、俺《おれ》ぁ見たんだ！　ありゃ——もンのすごい——でっかいカバ……

ティナは壊《こわ》れた建物を見上げていて、ニュートが袖《そで》からそっと杖《つえ》を取り出して浮浪者《ルンペン》に向けるのに気付かない。

浮浪者《ルンペン》　——ガス、ガスだった。

周りにいる人たちも同調する。

群衆《ぐんしゅう》　ガス……あれはガスだった！

ティナはまた、飛んでいくビリーウィグを目撃《もくげき》する。その隙《すき》に、ニュートは金《きん》属製《ぞくせい》の階段《かいだん》を駆《か》け上《あ》がって、壊《こわ》れた安アパートの中に入る。

シーン32　屋内　ジェイコブの部屋《へや》――午後

ジェイコブの部屋《へや》に入ってきたニュートが目を見張《みは》って立ち止まる。めちゃめちゃになった部屋《へや》。足跡《あしあと》、壊《こわ》れた家具、割《わ》れた窓《まど》ガラス。最悪なのは反対側の壁《かべ》の大きな穴《あな》――何か巨大《きょだい》なものがそこを吹《ふ》き飛《と》ばして出ていったのだ。隅《すみ》のほうからジェイコブのうめき声が聞こえる。

シーン33 屋外 安アパートの通り――午後

ティナにカメラを戻《もど》す。あたりを見回して、ニュートが人ごみから消えたことに気付く。

シーン34 屋内 ジェイコブの部屋《へや》

ニュートは、あおむけで目を閉《と》じたまま
うめいているジェイコブのそばに屈《かが》みこみ、ジェイコブの首の小さな赤い傷《きず》を調べようとするが、ジェイコブは無意識《むいしき》に、それを何度も払《はら》いのける。

ティナ （声のみ o.s.）スキャマンダーさん！

画面が切《き》り替《か》わり、ジェイコブのアパートの階段《かいだん》を、決然と駆《か》け上がるティナを映す。

ニュートにカメラを戻《もど》す。必死で修復《しゅうふく》の魔法《まほう》をかける。部屋《へや》は元通りになり、壁《かべ》も修復《しゅうふく》される。ティナが部屋《へや》に入ってくるまでにやっと間に合う。

シーン35　屋内　ジェイコブの部屋《へや》──午後

大急ぎで部屋《へや》に入ってきたティナは、何食わぬ顔で落ち着いたふうを装《よそお》い、ベッドに腰《こし》掛《か》けているニュートを見つける。ニュートは平然とカバンの留《と》め金《がね》を掛《か》ける。

ティナ　開《あ》いてたの？

ニュート　ちょっとだけ……

ティナ　あのお騒《さわ》がせニフラーがまた逃《に》げたの？

ニュート　んー、そうかもしれない――

ティナ　だったら捜《さが》して！　早く！

ジェイコブがうめく。

ティナはジェイコブのカバンを取り落とし、急いで傷《きず》ついたジェイコブに近づく。

ティナ　（ジェイコブのことを心配して）首から血が！　ケガしてるわ！

起きて！　ノー・マジさん……

ティナがニュートに背《せ》を向けた隙《すき》に、ニュートは出口に向かう。突然《とつぜん》、ティナのギャーという悲鳴。戸棚《とだな》の下からチョロチョロと現《あらわ》れたマートラップが、ティナの腕《うで》にとりついている。すばやく振《ふ》り向《む》いたニュートが、マートラップのしっぽを押《お》さえて捕《つか》まえ、カバンに押《お》しこむ。

ティナ　なんてこと！　それ何！

ニュート　心配《マーシー・ルイス》いらないよ。これは……マートラップだ。

ジェイコブが目を開けるが、二人とも気が付かない。

ティナ　カバンに、他に何が入ってるの？

ジェイコブ　（ニュートに気付いて）あんたは！

ニュート　やあ。

ティナ　大丈夫《だいじょうぶ》？　ミスター……

ジェイコブ　コワルスキーだ……ジェイコブ・コワルスキー。

ティナがジェイコブと握手《あくしゅ》する。

ニュートが杖《つえ》を上げる。ジェイコブはひるんでティナにすがりつく。ティナはジェイコブの前に立って守ろうとする。

ティナ　オブリビエイトしちゃダメ！　大事な証人《しょうにん》なのよ。

ニュート　え、ちょっと待ってよ？　ニューヨーク中を歩きながら、「なんでオブリビエイトしなかったの」って怒《おこ》ってたくせに……

ティナ　怪我人《けがにん》よ！　気分が悪そうだわ！

ニュート　大丈夫《だいじょうぶ》。マートラップに噛《か》まれても、大したことにはならない。

ニュートが杖《つえ》をしまう。ジェイコブが部屋《へや》の隅《すみ》で吐《は》く。ティナは、信じられないという顔でニュートを見る。

ニュート　確《たし》かに普通《ふつう》よりはひどそうな反応《はんのう》だね。
　でも最悪の場合は……
ティナ　何なの？
ニュート　ああ、最初にお尻《しり》の穴《あな》から火が吹《ふ》き出《だ》して……

ジェイコブが驚《おどろ》いてお尻《しり》を触《さわ》る。

ティナ　めちゃくちゃじゃない！
ニュート　症状《しょうじょう》はせいぜい48時間だ！
　よければ僕《ぼく》が面倒見《めんどうみ》るから――
ティナ　面倒見《めんどうみ》る？　それはあり得ません！
　スキャマンダーさん、あなた……アメリカの魔法《まほう》社会について
　何にもご存《ぞん》じないの？
ニュート　いや、少しは存《ぞん》じてますよ。非魔法族《ひまほうぞく》との関係についての時代《じだい》
　遅《おく》れの法律《ほうりつ》とか。

友人になっちゃダメ、結婚《けっこん》もダメ、少しばかげていると思いますけどね。

ジェイコブは口をぽかんと開けたまま、このやりとりを聞いている。

ティナ　誰《だれ》が彼《かれ》と結婚《けっこん》すると言った？

ニュート　二人とも一緒《いっしょ》に来て――

なんで僕《ぼく》が君と一緒《いっしょ》に行く必要があるの？

ティナは、まだ意識《いしき》がはっきりしないジェイコブを助け起こそうとする。

ティナ　手伝《てつだ》って！

ニュートは助けないわけにはいかない。

ジェイコブ　これは……きっと夢《ゆめ》だよな？　そうだ……疲《つか》れてんだな。銀行なんか行ってない、みんな悪い夢《ゆめ》だ、そうだろ？

ティナ　コワルスキーさん、私《わたし》にとっても悪夢《あくむ》よ

ティナとニュートは、ジェイコブを連れて「姿《すがた》くらまし」する。

カメラはもう一度壁《かべ》に掛《か》かったジェイコブの祖母《そぼ》の写真にフォーカス。やがて写真がちょっと揺《ゆ》れて落ちる。その裏《うら》の壁《かべ》の穴《あな》に、ニフラーが納《おさ》まっている。

シーン36　屋外　アッパー・イースト・サイド

――午後

父親に手を引かれた小さな男の子が、大きなぺろぺろ飴《あめ》を持って混《こ》み合った通

りを歩いている。二人が果物《くだもの》の屋台を通《とお》り過《す》ぎるとき、りんごが一個《こ》浮き上《あ》がり、子どもと一緒《いっしょ》にふわふわ移動《いどう》していく。りんごが目に見えない誰《だれ》かにかじられていく様子を、男の子が目を丸くして見つめる。その見えない誰《だれ》かに、手に持った飴《あめ》をひったくられて、男の子の顔から笑いが消える。

新聞売りのスタンドで、広告用ポスターに印刷された女性《じょせい》の目がぱちりと開く。生き物がポスターに張《は》り付《つ》いているうちは、ポスターにカムフラージュされて、その姿《すがた》の輪郭《りんかく》が見えるが、生き物がポスターを離《はな》れると、また透明《とうめい》になって、歩いていく生き物が手に持ったぺろぺろ飴《あめ》の動きでしか居場所《いばしょ》がわからない——飴《あめ》が宙《ちゅう》に浮《う》いているようだ。犬が飴《あめ》に向かって吠《ほ》えると、生き物は新聞売りのスタンドをひっくり返して、慌《あわ》てて走りだす。オートバイや車がそれを避《よ》けようとして蛇行《だこう》する。

デパートの屋根にカメラを向ける——屋根裏《やねうら》部屋の小さな窓《まど》に、細いブルーの尻尾《しっぽ》がスルスルと入っていくのが見える。その生き物が部屋《へや》いっぱいの大きさに膨《ふく》れ上《あ》がり、突然《とつぜん》、建物が揺《ゆ》れて屋根瓦《がわら》が剝《は》がれ落ちる。

シーン37 屋内 ショー・タワー内の編集局《へんしゅうきょく》——夕方

メディア帝国《ていこく》の本拠地《ほんきょち》、きらびやかなアールデコの建物。大勢《おおぜい》の記者たちが編《へん》集室《しゅうしつ》で忙《いそが》しく働いている。

エレベーターが開いて、ラングドン・ショーが、新セーレム救世軍の四人を案内して、興奮《こうふん》気味に部屋《へや》を歩き回る。手には地図類や古い本を数冊《さつ》、写真を数枚持っている。

メアリー・ルーは落ち着きはらい、チャスティティは恥《は》ずかし気《げ》で、モデスティは物珍《ものめずら》しそうに興奮《こうふん》している。クリーデンスはおどおどしている――人ごみが苦手なのだ。

ラングドン　で、こちらが編集室《へんしゅうしつ》です。

ラングドンは、ここでは自分が偉《えら》いのだということを新セーレム救世軍の客に見せたくて、興奮《こうふん》気味にくるりと振《ふ》り向《む》く。

ラングドン　さあ、どうぞ！

ラングドンは編集室《へんしゅうしつ》を動き回り、何人かに話しかける。

ラングドン　やあ、ご苦労さん。
ベアボーン一家をお通しして！
まさにここで……新聞が仕上がるわけですよ。

ラングドンが一行《いっこう》を連れて、間仕切りのない部屋《へや》の中を移動《いどう》し、突《つ》き当《あた》りの二重扉《とびら》まで行くのを、記者たちはひそかに面白がって見ている。扉《とびら》の前で、ヘンリー・ショー・シニアの秘書《ひしょ》、バーカーが困《こま》ったように立ち上がる。

バーカー　ラングドンさん、困《こま》ります、今、議員がいらしてて……

ラングドン　いいから、バーカー、父に用があるんだ！

ラングドンはお構《かま》いなしに進む。

シーン38 屋内 ショー・シニアのペントハウス・オフィス――夕方

ニューヨークを一望するすばらしい景観の壮大《そうだい》な事務所《じむしょ》。新聞王――ヘンリー・ショー・シニア――が、長男のショー上院議員と話している。

ショー議員 ……票を買い切ることもできます……

扉《とびら》がパッと開いて、弱りきった顔のバーカーと、興奮《こうふん》して得意げなラングドンの顔が見える。

バーカー 申《もう》し訳《わけ》ありません社長、ご子息がどうしてもと……

ラングドン 父さん、ぜひ聞いてほしいことがあるんだ。

ラングドンが父親の机《つくえ》に近づき、写真を広げ始める。映画《えいが》の最初に出た破壊《はかい》された通りの写真もある。

ラングドン　特ダネですよ、とびきりの！

ショー・シニア　今忙《いそが》しいんだよ、ラングドン。兄《にい》さんの選挙のことでな。お前の話を聞いている暇《ひま》はない。

メアリー・ルー、クリーデンス、チャスティティ、モデスティが部屋《へや》に入る。ショー・シニアとショー上院議員がにらみつける。クリーデンスは狼狽《ろうばい》し、おどおどとうつむいたきりだ。

ラングドン　こちらはメアリー・ルー・ベアボーンさん。新セーレム救世軍の方です。この人にはすごいネタがあるんです！

ショー・シニア　ほう　それはそれは……？

ラングドン　町じゅうで奇妙《きみょう》な事件《じけん》が起きてるでしょ。
あれは我々《われわれ》のような人間の仕業《しわざ》じゃない。
全部、魔女《まじょ》のせいなんですよ！

ショー・シニアと上院議員は真に受けていない――ラングドンの突飛《とっぴ》な計画や関心事には慣《な》れっこになっている。

ショー・シニア　ラングドン……
ラングドン　謝礼《しゃれい》はいらないそうです。
ショー・シニア　つまり情報《じょうほう》に価値《かち》がないか、謝礼《しゃれい》について嘘《うそ》を言っているか、どちらかだ。
価値《かち》のあるものならタダでは差し出さない。
メアリー・ルー　（自信に満ち、説得力がある）ショーさん、おっしゃる通りです。
欲《ほ》しいのはお金よりも価値《かち》のある見返りです。
あなたの新聞の影響力《えいきょうりょく》。

ラングドン 何百万人もの読者に、この危険《きけん》を知らせたいのです。ほら、ひどい騒《さわ》ぎがあったでしょ、地下鉄で——この写真を見てください。

ショー・シニア お引き取り願え。

ラングドン 待って……せっかくのネタなのに。証拠《しょうこ》を見てください！

ショー・シニア まだ言うのか。

ショー議員 （父親と弟のところに来て）ラングドン、父さんの言うとおりにするんだ。出ていけ。この……

ショー議員はクリーデンスに目を向ける。

ショー議員 ……変人どもを連れて。

クリーデンスは周囲の怒《いか》りを感じ取って動揺《どうよう》し、明らかにピクリとする。メアリー・ルーは平静だが、頑《がん》として動じない。

ラングドン　ここは父さんのオフィスだ。兄《にい》さんに指図される筋合《すじあ》いはない。うんざりだよ。いつもいつも……

ショー・シニアは息子《むすこ》を黙《だま》らせ、ベアボーン一家に向かって出ていけと合図する。

ショー・シニア　もういい！　――ご苦労。

メアリー・ルー　（冷静に威厳《いげん》をもって）どうかお考え直しくださいますよう。

ショー・シニアと上院議員はメアリー・ルーが子どもたちを連れて出ていくのを見ている。編集室《へんしゅうしつ》は口論《こうろん》に聞き耳を立て、ひっそりしている。

去り際《ぎわ》に、クリーデンスがビラを一枚《まい》落とす。ショー上院議員がそれを拾い、ビラの魔女《まじょ》の絵をチラリと見る。

ショー議員　（クリーデンスに）おい、君、何か落としたぞ。

上院議員は、ビラをくしゃくしゃに丸めてからクリーデンスに返す。

ショー議員　ほら、変人くん――これも、君たちも、全部ごみ溜《た》め行きだ。

クリーデンスの後ろにいるモデスティの目が燃《も》え上《あ》がる。モデスティが、クリーデンスを守るように、その手を取る。

シーン39 屋外 ブラウンストーンの住宅《じゅうたく》が並《なら》ぶ通り――それからしばらくして――夕方

ティナとニュートが、ふらついているジェイコブを両脇《りょうわき》から支《ささ》えて、まっすぐ歩かせようとしている。

ティナ ここを右よ……

ジェイコブが、何度も吐《は》き気《け》をもよおしたような音を出す。首の嚙《か》み傷《きず》による症状《しょうじょう》が明らかにひどくなっている。

角を曲がったところで、ティナは二人を急《せ》き立てて大きな修理《しゅうり》サービストラックの陰《かげ》に隠《かく》れる。ティナはそこから向かい側のアパートを盗《ぬす》み見《み》る。

ティナ　いい――入《はい》る前に言っとくけど――
ホントはこのアパート、男子禁制《きんせい》なの。

ニュート　だったら、僕《ぼく》とコワルスキーさんは別の宿を捜《さが》すから――

ティナ　ダメよ、ほら！

ティナは急いでジェイコブの腕《うで》をつかみ、通りの向かい側に引《ひ》っ張《ぱ》っていく。
ニュートは仕方なくついていく。

ティナ　段差《だんさ》に気をつけてね。

シーン40

屋内　ゴールドスタインのアパートの内《うち》階段《かいだん》――夕方

ニュート、ティナ、ジェイコブが、音を立てないように階段《かいだん》を上がっていく。最初の踊《おど》り場《ば》に着いた時、家主のエスポジト夫人が呼《よ》びかける声がする。三人はその場に凍《こお》りつく。

エスポジト夫人　（声のみo.s.）ティナなの？

ティナ　そうです、エスポジトさん。

エスポジト夫人　（声のみo.s.）あなた一人？

ティナ　ええ、いつだって一人ですよ、エスポジトさん！

――間

シーン41

屋内 ゴールドスタインのアパート、居間《いま》――夕方

三人はゴールドスタインの部屋《へや》に入る。

部屋《へや》は粗末《そまつ》だが、日常《にちじょう》の家事魔法《まほう》でにぎやかになっている。アイロンは部屋《へや》の隅《すみ》で勝手に仕事をし、暖炉《だんろ》前の洗濯物《せんたくもの》干《ほ》しは、木製《もくせい》の脚《あし》で不器用に回転し、下着類を乾《かわ》かしている。

雑誌《ざっし》が散らかっている。「魔女《まじょ》の友」、「魔女閑談《まじょかんだん》」、「変身現代《げんだい》」など。

ブロンドのクイニーは、最高に美しい魔女《まじょ》。シルクのスリップ姿《すがた》で、ドレスメーカー用の人台を使って、ドレス繕《つくろ》いを指揮《しき》している。ジェイコブはびっくり仰天《ぎょうてん》。

ニュートはほとんどクイニーに気が付かない。早くここを出たくて落ち着かず、窓《まど》から外を覗《のぞ》く。

クイニー　ティーニー――殿方《とのがた》を連れてきたの？

ティナ　紹介《しょうかい》するわ。私《わたし》の妹よ。

クイニー　服を着たら？　クイニー。

(気にしない様子) あら、そうね――

クイニーが人台に向かって杖《つえ》を振《ふ》ると、ドレスがするりとクイニーの体を包む。ジェイコブは呆然《ぼうぜん》とその様子を見つめている。

ティナはじりじりして部屋《へや》を片付《かたづ》け始める。

クイニー　それで？

どういうかた？

ティナ　こちらはスキャマンダーさん。国際機密保持法《こくさいきみつほじほう》の重大な違反《いはん》を犯《おか》したの。

クイニー　（感心したように）犯罪者《はんざいしゃ》ってこと？

ティナ　そう。こちらはコワルスキーさん。ノー・マジよ――

クイニー　（急に心配そうに）ノー・マジ？

ティナ　ティーンたら――どういうつもり？

彼《かれ》、具合が悪いの――

いろいろあってね――

スキャマンダーさんがあるものをなくして、私《わたし》は探《さが》すのを手伝わなきゃ。

ジェイコブが突然《とつぜん》ふらつき、汗《あせ》びっしょりで気分が悪そう。クイニーが駆《か》け寄《よ》り、ティナも心配そうにうろうろする。

クイニー　（ソファーに倒《たお》れこんだジェイコブに）座《すわ》って休んでなくちゃ

だめよ。あら――
（ジェイコブの心を読んで）――この人、朝から何も食べてないのね。
（また心を読んで）――あらら……それはつらいわね。
（心を読んで）――パン屋さんを開きたいけど、お金が借りられなかったのね。
あなた、パンを焼けるの？
あたしは料理が好き。

ニュートは窓《まど》のそばでクイニーを見ている。科学的な興味《きょうみ》が湧《わ》く。

ニュート　開心術《かいしんじゅつ》が使えるの？

クイニー　ん、まあね。
でも、あなたみたいなイギリス人は、苦手。
なまりがあるでしょ。

ジェイコブ　（やっと気が付いて、ゾッとする）え……
俺《おれ》の心……読めるの？

クイニー　ううん、気にしないでいいのよ。
男の人はあたしを見ると、みんなあなたと同じことを考えるの。

クイニーは、いたずらっぽく杖《つえ》でジェイコブを指す。

クイニー　さあ、何か食べなきゃ。

窓《まど》の外を見たニュートは、ビリーウィグが飛《と》び過《す》ぎていくのを見つける——心配でたまらない。早く外に出て動物たちを探《さが》したくてしかたがない。

ティナとクイニーはキッチンで忙《いそが》しく働く。クイニーの魔法《まほう》で、戸棚《とだな》からフワフワ材料が漂《ただよ》い出てきて、食事の支度《したく》が進んでいく——にんじんやりんごは勝手に刻《きざ》まれ、パン生地《きじ》は巻《ま》き上《あ》げられ、平鍋《ひらなべ》はかき混《ま》ぜられる。

クイニー　（ティナに）またホットドッグ？

ティナ　心を読まないで！

クイニー　あんまり健康的なランチじゃないわ。

ティナが食器棚《しょっきだな》に杖《つえ》を向けると、皿やナイフ、フォーク、グラスなどが飛び出し、ティナの杖《つえ》の軽い動きでテーブルに並《なら》ぶ。ジェイコブは半ば感心し半ば恐《おそ》れ、よろけながらテーブルに近づく。

ニュートにカメラ。ドアの取っ手に手を掛《か》けている。

クイニー　（ごく自然に）ねえ、スキャマンダーさん。パイがいい？　シュトルーデル？

全員がニュートを見る。ばつの悪い思いで、ニュートは取っ手から手を放す。

ニュート　あ……いえ、僕《ぼく》はどっちでも。

ティナはニュートをにらむ。咎《とが》めるようでもあり、がっかりして傷《きず》ついているようでもある。

ジェイコブはとっくにテーブルに着いて、ナプキンをシャツに挟《はさ》みこんでいる。

クイニー　（心を読んで）あなたはシュトルーデル。ン？　そうよね？

じゃ、シュトルーデル。

ジェイコブはいかにも嬉《うれ》しそうに頷《うなず》く。クイニーも喜んでニコリと笑う。

クイニーの杖《つえ》の一振《ひとふ》りで、干《ほ》しぶどう、りんご、パイ皮が空中に現《あらわ》れる。材料がひとりでに巻《ま》きこまれて、きちんとした筒状《つつじょう》のパイになり、その場でパイが焼かれ、見事なデコレーションも付いているし、粉砂糖《こなざとう》も振《ふ》りかけられている。

ジェイコブは深く息を吸《す》いこむ。ああ、天国だ。

ティナはテーブルのキャンドルに火をつける――食事の支度《したく》が整った。

ニュートのポケットにフォーカス。小さなキーキー声がして、ピケットが物《もの》珍《めずら》しさに顔をのぞかせる。

ティナ　ほら座《すわ》って、スキャマンダーさん。
毒は入ってないわ。

ニュートはまだドア近くをうろうろしているが、目の前の状況《じょうきょう》にちょっと魅《み》せられている。ジェイコブはニュートを座《すわ》らせようとして、それとなくニュートをにらむ。

シーン42

屋外　ブロードウェイ――夜

遅《おそ》い食事をとる人たちや、劇場《げきじょう》に向かう人たちなど、世俗的《せぞくてき》楽しみに浸《ひた》る人々の中を、クリーデンスがひとりで歩いている。車が騒《さわ》がしく通《とお》り過《す》ぎていく。クリーデンスはビラを配ろうとするが、胡散臭《うさんくさ》そうな目やかすかな嘲《あざけ》りに出会うばかりだ。

ウールワース・ビルが目の前に現《あらわ》れる。クリーデンスはちらりと憧《あこが》れの目を向ける。グレイブスがその外に立って、クリーデンスをじっと見つめている。その姿《すがた》を見つけたクリーデンスの顔に、希望の光がよぎる。すっかり心を奪《うば》われて、クリーデンスはグレイブスのほうへと通りを横切っていく。自分が向かっていく先さえ見ていない――ほかのことはすべて忘《わす》れ去《さ》っている。

シーン43 屋外 横丁──夜

クリーデンスは薄暗《うすぐら》い横丁の端《はし》に、うつむいて立っている。グレイブスがすぐそばにやってきて、秘密《ひみつ》のはかりごとをするようにささやきかける。

グレイブス 何か気になることがあるようだな。
また母親か？
誰《だれ》かに何か言われたのか？ 何と言われた？

クリーデンス 僕《ぼく》は変人なの？

グレイブス いいや──君は特別だ。君を見込《みこ》んで協力を頼《たの》んでいる。
そうだろう？

間。グレイブスがクリーデンスの腕《うで》に片手《かたて》を置く。人肌《ひとはだ》を感じて、クリーデンスはビクッとすると同時にうっとりする。

クリーデンス　調べはついたか？

グレイブス　グレイブスさん、まだです。

せめて男の子か女の子か分かったら……

私《わたし》の透視《とうし》で分かっているのは、強い力を持つ子どもだというだけだ。

クリーデンス　おそらく10歳《さい》かそこら。

そしてそのかたわらには君の母親がいた——それはハッキリと見えた。

子どもは大勢《おおぜい》面倒《めんどう》見《み》てるし……

グレイブスの語調が和らぐ——言葉巧《たく》みにあやしている。

グレイブス　それだけじゃない。

今まで黙《だま》っていたが、ニューヨークで私《わたし》と働く君の姿《すがた》も見えた。

その子は君を信頼《しんらい》している。
だから君の力がカギだ――それが見えた。
魔法使《まほうつか》いの世界に入りたいんだろう？
一緒《いっしょ》に実現《じつげん》しよう、クリーデンス。
君のためにも、子どもを見つけろ。
そうすれば我々《われわれ》は自由だ。

シーン44

屋内　ゴールドスタインのアパート、居間《いま》――30分後――夜

ニュートのカバンの留《と》め金《がね》がポンと開く。ニュートが手を伸《の》ばしてぐいと閉《し》める。

食事したおかげで、ジェイコブは少し気分がよくなったようだ。ジェイコブと

クイニーはとても気があっている。

クイニー　派手《はで》な仕事じゃないわ。毎日コーヒー入れたりトイレの呪《のろ》いを
解《と》いたり……ティナはキャリアガールよ。
（ジェイコブの心を読んで）ううん、私《わたし》たち親はいないの。
子どものころドラゴン疱瘡《ほうそう》で死んじゃった。
（また心を読んで）まあ……優《やさ》しいのね。
でも姉と二人だから！

ジェイコブ　心を読むの、やめてくれないかな？
あ、誤解《ごかい》しないで――イヤじゃないんだ。

クイニーが嬉《うれ》しそうにクスクス笑う。ジェイコブに惹《ひ》かれている。

ジェイコブ　このごちそう……めちゃくちゃおいしいよ。
俺《おれ》も商売柄《がら》、料理はするけど、これは……

クイニー　こんなうまいもん、生まれて初めてだ！

　（声をあげて笑いながら）あなたって楽しい人！

　あたし、ノー・マジと話すのって、初めて。

ジェイコブ　ホント？

　クイニーとジェイコブはじっと見つめ合う。ニュートとティナは向かい合って座《すわ》っているが、親し気な二人のそばで、いごこち悪そうに黙《だま》っている。

クイニー　（ティナに）誘惑《ゆうわく》してないわ！

ティナ　（ばつが悪そうに）深入りするなって思っただけ。

　どうせオブリビエイトしなくちゃならない人なんだから！

　（ジェイコブに向かって）悪く思わないで。

　ジェイコブは突然蒼白《とつぜんそうはく》になり、また汗《あせ》をかき始める。それでもクイニーにはよいところを見せようとしている。

クイニー　（ジェイコブに）あらら、ねえ、大丈夫《だいじょうぶ》？

ニュートはさっと立ち上がり、椅子《いす》の後ろにぎこちなく立つ。

ニュート　ゴールドスタインさん、コワルスキーさんは早めに休んだほうがいい。
それに、あなたも僕《ぼく》も明日《あす》は早く起きて、ニフラーを捜《さが》しに行かなきゃ……

クイニー　（ティナに）ニフラーって何？

ティナは困《こま》った顔。

ティナ　聞かないで。
（奥《おく》の部屋《へや》に移動《いどう》して）さあ、寝床《ねどこ》はこっちよ。

シーン45 屋内 ゴールドスタインのアパート、寝室《しんしつ》——夜

男二人はきちんと整えられたツインベッドに入りこむ。ニュートはかたくなにジェイコブに背《せ》を向けているが、ジェイコブはベッドに座《すわ》って、魔法界《まほうかい》の本を開き不思議そうに見ている。

模様《もよう》入りのブルーのパジャマを着たティナが、遠慮《えんりょ》がちにドアをノックして、ココアを乗せたお盆《ぼん》を持って入ってくる。マグが勝手に中身をかき混《ま》ぜている——ジェイコブはまたしても魅《み》せられる。

ティナ　あの……温かい飲み物、いかが？

ティナが慎重《しんちょう》にジェイコブにマグを渡《わた》す。ニュートはそっぽを向いて眠《ねむ》ったふ

りをしている。ティナはすこしいらだって、ニュートのベッドサイドテーブルに、あてつけがましくココアを置く。

ジェイコブ　スキャマンダーさん――
（ニュートがもう少し打《う》ち解《と》けるように促《うなが》そうとして）ほら、ココアだよ！

ニュートは動かない。

ティナ　（いらいらして）トイレは廊下《ろうか》の右よ。

ジェイコブ　どうも……

ティナがドアを閉《し》めるとき、ジェイコブは隣《となり》の部屋《へや》にいるクイニーをチラリと見る。地味とはいいがたいガウンを着ている。

ジェイコブ　……ありがとう。

ドアが閉《し》まるや否《いな》や、ニュートが飛び起きる。まだコートを着たままだ。カバンを床《ゆか》に置き、驚《おどろ》くジェイコブの目の前でカバンを開き、その中に入っていく。完全に姿《すがた》が消える。

ジェイコブは驚《おどろ》いて小さく悲鳴をあげる。

カバンからニュートの手が出てきて、ジェイコブに命令するように手招《てまね》きする。ジェイコブは目を見張《みは》る。状況《じょうきょう》を飲《の》みこもうとして、ハアハアと呼吸《こきゅう》が荒《あら》くなる。

ニュートの手が、急《せ》かすように再《ふたた》び現《あらわ》れる。

ニュート　（声のみ o.s.）来て！

ジェイコブは気をとりなおしてベッドを抜《ぬ》け出《だ》し、ニュートのカバンに足を入れる。しかし、腹《はら》のところでつっかえてしまい、必死でカバンに体を押《お》しこもうとする。その勢《いきお》いでカバンがぴょんぴょん跳《は》ねる。

ジェイコブ　はー、まったく……

いらいらしながら最後にもう一度跳《は》ねると、ジェイコブの体がカバンに入りこんで突然《とつぜん》見えなくなり、カバンがパチンと閉《と》じる。

シーン46

屋内　ニュートのカバンの中――その直後――夜

ジェイコブはカバンの中の階段《かいだん》を転げ落ちる。落ちながら、道具、ボトルなどいろいろなものにぶつかる。

そこは小さな木の小屋で、簡易《かんい》ベッドが置いてあり、壁《かべ》には熱帯用の装具《そうぐ》や道具が掛《か》けてある。木の戸棚《とだな》にはロープや網《あみ》、採集《さいしゅう》用広口びんなど、机《つくえ》には旧式《きゅうしき》のタイプライター、原稿《げんこう》の山、中世の動物寓話《ぐうわ》集が一冊《さつ》おいてある。棚《たな》には鉢植《はちう》えの植物がずらりと並《なら》ぶ。薬箱には錠剤《じょうざい》や注射器《ちゅうしゃき》、小型のびんが並《なら》び、壁《かべ》にはメモ、地図、スケッチ、驚異的《きょういてき》な生き物の動く写真が何枚《まい》かピンでとめてある。かぎフックに干《ほ》し肉が一塊《ひとかたまり》引っかけられ、壁《かべ》には餌《えさ》の袋《ふくろ》がいくつか立てかけられている。

ニュート　（ジェイコブをチラリと見て）座《すわ》って。

ジェイコブは「ムーンカーフの餌《えさ》」と手書きラベルのある木箱の上に腰《こし》を下ろす。

ジェイコブ　それがいいな。

ニュートがジェイコブの首の嚙《か》み傷《きず》を調べる——一目見るだけ。

ニュート　ああ、やっぱりマートラップだ。

君は毒に弱いらしい。

君はマグルだから、僕《ぼく》らとは微妙《びみょう》に体質《たいしつ》が違《ちが》うんだ。

ニュートは作業台で、植物や様々なボトルの薬を使い、湿布剤《しっぷざい》を作るのに忙《いそが》しい。できた湿布《しっぷ》を手早くジェイコブの首に塗《ぬ》る。

ジェイコブ　うえー。

ニュート　じっとしてて。

さあ、これで汗《あせ》もひくだろう。

（錠剤《じょうざい》を何錠《じょう》か渡《わた》しながら）このうちどれかがけいれんに効《き》く

はずだ。

ジェイコブは渡《わた》された薬を疑《うたが》わし気に見るが、これ以上悪くなりようがないと覚悟《かくご》を決めて、一度に全部飲む。

カメラをニュートに向ける。ベストを脱《ぬ》ぎ、蝶《ちょう》ネクタイを外し、サスペンダーを下げた姿《すがた》になっている。肉切り包丁を手に、大きな生肉の塊《かたまり》をぶつ切りにしてバケツに投げ入れる。

ニュート　（ジェイコブにバケツを渡《わた》して）これを持って。

ジェイコブは辟易《へきえき》した顔をするが、ニュートは気が付かない。とげだらけの繭《まゆ》に神経《しんけい》を集中させている。ニュートが繭《まゆ》をゆっくり絞《しぼ》ると、発光性《せい》の毒液《どくえき》が出てくる。ニュートはそれをガラス瓶《びん》に採集《さいしゅう》する。

ニュート　（繭《まゆ》にむかって）もっともっと……

ジェイコブ　そいつぁ何だ？

ニュート　これ？　地元の人は、スウーピング・イーヴルって呼《よ》んでる。

「空飛ぶ悪魔《あくま》」だよ。

物騒《ぶっそう》な名前だよね。

動きが素速《すばや》いんだ。

証明《しょうめい》してみせるかのように、ニュートが繭《まゆ》をパシッとはじくと、繭《まゆ》がほどけて優雅《ゆうが》に指にぶら下がる。

ニュート　研究の結果、こいつの毒は、適切《てきせつ》に薄《うす》めれば薬になることが分かった。

嫌《いや》な思い出を消してくれるんだ。

だしぬけに、ニュートがスウーピング・イーヴルをジェイコブに投げつける。

繭《まゆ》がはじけて中から出てきた生き物――こうもりのようなとげとげしい色鮮《あざ》やかな生き物――がジェイコブの顔に向かって吠《ほ》える。ジェイコブが大仰《おおぎょう》に身を縮《ちぢ》める。ニュートが生き物を呼《よ》び戻《もど》す。まちがいなく、ニュートのちょっとしたいたずらだ……

ニュート　（にやっと独《ひと》り笑いしながら）だけど、ここで放《はな》し飼《が》いはまずいよね。

ニュートが小屋の戸を開けて出ていく。

ニュート　来て。

いまや驚《おどろ》きっぱなしのジェイコブは、ニュートについて小屋の外に出る。

シーン47

屋内　ニュートのカバンの中、動物区域《くいき》——日中

カバンの縁《ふち》がぼんやり見えるが、中は小さな飛行機格納庫《かくのうこ》ほどの広さに拡張《かくちょう》していて、ミニチュアのサファリ・パークのようなものが格納《かくのう》されている。どの生物にも、それぞれの完全な棲息地《せいそくち》が魔法《まほう》で作り上げられている。

この世界に足を踏《ふ》み入《い》れたジェイコブは、ただただ驚《おどろ》いている。

ニュートは一番手前の棲息地《せいそくち》に立っている——アリゾナ砂漠《さばく》の一部だ。ここには、見事なサンダーバードのフランクがいる——大型のアホウドリのような鳥で、荘厳《そうごん》な翼《つばさ》には、雲と太陽を合わせたような模様《もよう》がちらちらときらめいている。片《かた》方《ほう》の足が擦《す》りむけて血が出ている——鎖《くさり》につながれていたに違《ちが》いない。フランクが羽ばたくと、その棲息地《せいそくち》全体に雷鳴《らいめい》と稲光《いなびかり》を伴《ともな》う豪雨《ごうう》が降《ふ》る。ニュートは魔法《まほう》

の傘《かさ》を創《つく》り出《だ》して、雨をしのぐ。

ニュート　（空高く飛ぶフランクに目を向けながら）おいで……降《お》りとい
で……
よーし……いい子だ。

フランクはだんだん落ち着いてきて、ニュートの前にある大きな岩の上に舞《ま》い
降《お》りる。すると雨はやみ、輝《かがや》く暑い陽の光が降《ふ》り注《そそ》ぐ。

ニュートは杖《つえ》をしまい、ポケットから地虫をひとつかみ取り出す。フランクは
食い入るように見ている。

ニュートは空いているほうの手で愛情《あいじょう》をこめてフランクをなで、落ち着かせる。

ニュート　ああ、たすかった。《パラケルススさま》

お前が逃《に》げてたら、とんでもないことになってただろう。

(ジェイコブに)実は、アメリカに来たのはこいつのためなんだ。

フランクをふるさとに帰すため。


目を見張《みは》っていたジェイコブが、そろそろと近づこうとする。するとフランクは興奮《こうふん》して羽ばたき始める。


ニュート (ジェイコブに)あ、近づかないで——フランクはちょっと人見知りだから。

(フランクをなだめて)大丈夫《だいじょうぶ》——いい子だ。

(ジェイコブに)こいつは密輸《みつゆ》されたんだ。

エジプトでがんじがらめに鎖《くさり》につながれてた。

見過《みす》ごせなくて……連れてきた。

元の世界に帰してあげるからな、フランク。

アリゾナの大自然の中に。

望みと期待に顔を輝《かがや》かせ、ニュートはフランクの首を抱《だ》きしめる。それからにやっと笑って地虫を空に放り投げる。フランクは地虫を追って雄大《ゆうだい》に舞《ま》い上《あ》がる。その翼《つばさ》から太陽の光が飛び散る。

ニュートは愛しそうに、そして誇《ほこ》らしげにその姿《すがた》を眺《なが》める。それから向きを変え、両手を口にあてて、別な区域《くいき》に向かって獣《けもの》の吠《ほ》えるような声を出す。

ニュートが肉を入れたバケツをつかんで、ジェイコブのそばを通《とお》り過《す》ぎる。ジェイコブはつまずきながらその後《あと》を追う。その頭の周りをドクシーが数匹《ひき》、ぶんぶん飛び回る。ジェイコブがまごついてドクシーを払《はら》いのけようとする。その背後《はいご》で、大きなフンコロガシが巨大《きょだい》な糞《ふん》を転がしている。

ニュートがまた大声で吠《ほ》えるのが聞こえる。ジェイコブが声のするほうに急ぐと、ニュートが月明かりに照らされた砂地《すなじ》に立っている。

ニュート　（そっと）ほーら来た。

ジェイコブ　何が来たって？

ニュート　グラップホーンだ。

大きな動物が突《つ》き進《すす》んでくるのが見える。グラップホーン――サーベルタイガーに似《に》ているが、口にはぬるぬるした触手《しょくしゅ》のようなものが生えている。ジェイコブは悲鳴をあげて退《しりぞ》こうとするが、ニュートがその腕《うで》をつかんで止める。

ニュート　待って。大丈夫《だいじょうぶ》、大丈夫《だいじょうぶ》だよ。

グラップホーンがニュートにより近づく。

ニュート　（グラップホーンをなでながら）やあ！　いい子だね。

グラップホーンのぬるぬるした奇妙《きみょう》な触手《しょくしゅ》がニュートの肩《かた》に置かれ、ニュートを抱《だ》きしめているように見える。

ニュート　こいつら、世界で最後のつがいなんだ。僕《ぼく》が助け出さなかったら、グラップホーンはこの世から消えてた。

より若《わか》いグラップホーンが一頭、まっすぐにジェイコブに向かって走ってきて、手をなめはじめ、興味深《きょうみぶか》げにジェイコブの周りを回る。ジェイコブは目を丸くしてそれを見下ろし、手を伸《の》ばして頭をなでる。ニュートはそれを見て喜ぶ。

ニュート　よーし。

ニュートが囲い地の中に肉を一切れ投げ入れると、若《わか》いグラップホーンがすぐにそれを追いかけて走り、たちまち食べてしまう。

ジェイコブ　それじゃ――あんた、こういう動物を助けてんの？

ニュート　そうだよ。助け出して、育てて、保護《ほご》して、魔法使《まほうつか》いの間でも徐々《じょじょ》に理解《りかい》を広めてる。

鮮《あざ》やかなピンクの鳥、フウーパーが飛び去り、宙《ちゅう》ぶらりんになって小枝《こえだ》に止まる。

ニュートが次の棲息地《せいそくち》に向かって短い階段《かいだん》を上がる。

ニュート　（ジェイコブに）ついて来て。

二人は竹林に入る。竹を掻《か》き分《わ》けながら、ニュートが呼《よ》びかける。

ニュート　さあタイタス、フィン、
　ポピー、マーロウ、トム？

二人は明るい空き地に出てくる。ニュートはポケットからピケットを取り出して、手に止まらせる。

ニュート　（ジェイコブに）こいつは風邪《かぜ》引《ひ》いたから、体温であっためてた。
ジェイコブ　へえ……

二人は陽だまりにある小さな木に近づく。すると、木の葉の陰《かげ》から、ぺちゃくちゃしゃべりながら、ボウトラックルの群《む》れがどっと現《あらわ》れる。
ニュートは腕《うで》を木のほうに伸《の》ばし、ピケットに群《む》れに戻《もど》るように促《うなが》そうとする。ボウトラックルの群《む》れは、ピケットを見ると騒《さわ》がしくカチカチと早口でしゃべる。

ニュート ほら お行き。

ピケットは、頑固《がんこ》にニュートの腕《うで》を離《はな》れるのを拒《こば》む。

ニュート (ジェイコブに) ほらね、僕《ぼく》にベッタリの依存症《いぞんしょう》なんだ。
(ピケットに) さあ、さあ、ピケット!
いいか、みんな君をいじめたりしないから……
ほら、ほら、ピケット!

ピケットは細い両手をニュートの指一本に絡《から》ませ、必死で木には戻《もど》るまいとする。ニュートもとうとう諦《あきら》める。

ニュート まったく。
そんなだから、僕《ぼく》がひいきしてるって責《せ》められるんだ……

ニュートはピケットを肩《かた》に乗せて引きかえそうとするが、大きな丸い巣が空っぽなのを見て、心配そうな顔をする。

ニュート　あれドゥーガルがいない。

近くの巣から、ピーピー鳴く声が聞こえる。

ニュート　はい、今行くよ……
ほら、いい子だね。ママが来たよ――
よーしよし。

ニュートが巣に手を入れ、オカミーの赤《あか》ん坊《ぼう》を一匹《ぴき》すくいあげる。

ニュート　ああ――いい子だ、ちょっと顔を見せて。

ジェイコブ　こいつらは知ってる。

ニュート　生まれたてのオカミーだ。

ジェイコブ　（ジェイコブに）君のオカミーだよ。

え？　俺《おれ》のオカミー？

ニュート　そう――

だっこする？

ニュートはオカミーをジェイコブに差し出す。

ジェイコブ　うわあ……そうだな、うん、じゃ……

よっしゃ……やあ。

ジェイコブは生まれたばかりのオカミーを優《やさ》しく両手にとり、じっと見る。頭をなでようとすると、オカミーが噛《か》みつこうとする。ジェイコブは後退《あとずさ》りする。

ニュート　あ、ごめん――なでないで。

そいつら防衛本能《ぼうえいほんのう》が強いんだ。
卵《たまご》の殻《から》が純銀《じゅんぎん》だから、貴重《きちょう》でね。

ニュートは、巣の中のほかの赤《あか》ん坊《ぼう》に餌《えさ》をやる。

ジェイコブ　そっか……
ニュート　だから、よくハンターに巣を荒《あ》らされるんだ。

ニュートは、ジェイコブが生き物たちに興味《きょうみ》を持ったのがうれしい。オカミーの赤ちゃんをひきとり、巣に戻《もど》す。

ジェイコブ　ありがと。
(しゃがれ声で）なあ、スキャマンダーさん？
ニュート　ニュートでいいよ。
ジェイコブ　ニュート……夢《ゆめ》じゃないよな？

ニュート　（ちょっと面白そうに）なんでそう思うんだい？
ジェイコブ　俺《おれ》のオツムじゃ、こんなの思いつかないもの。

ニュートは面白がり、得意に思う。

ニュート　そこに入ってる餌《えさ》を、ムーンカーフにやってくれるかな？
ジェイコブ　ああ、いいよ。

ジェイコブは屈《かが》みこんで、餌《えさ》のバケツを取り上げる。

ニュート　こっちだ……

ニュートは手近の手押《てお》し車《ぐるま》をつかんで、カバン内の空間をさらに進む。

ニュート　（困《こま》ったように）あいつめ――やっぱりニフラーがいない。

まったく手がかかるヤツだ。
また金ぴかのものに釣《つ》られていったか。

ジェイコブがカバンの中を歩いていく。金の「木の葉」のようなものが、小さな木から落ちてくるのが見える。一塊《ひとかたまり》になって、カメラのほうに動いてくる。それがドクシーや光り虫、グリンデローなどと一緒《いっしょ》になって上昇《じょうしょう》し、空中を漂《ただよ》う。

カメラはパン・アップして、堂々たる動物の姿《すがた》を捉《とら》える。ヌンドゥ——ライオンにそっくりで、ふさふさの鬣《たてがみ》が吠《ほ》えると逆立《さかだ》つ。大岩の上に誇《ほこ》らしげに立ち、月に向かって吠《ほ》えている。ニュートはその足元に餌《えさ》を撒《ま》き、次の目的地に進む。

ディリコール——丸々太った小さな鳥——が、ひな鳥たちを従《したが》えて、よちよちと手前を歩いている。ジェイコブが草の茂《しげ》った急な土手を上っていく間、ひな鳥がしょっちゅう、姿《すがた》を現《あらわ》したりくらましたりする。

ジェイコブ　（独《ひと》り言《ごと》）「今日は何してた、ジェイコブ？」
「カバンの中に入ってたよ」なーんて。

土手を上《のぼ》り切ったところに、月明かりに照らされた岩場があり、小さなムーンカーフたちが群《む》れている――内気な動物で、大きな目が顔全体を占《し》めている。

ジェイコブ　やあ、おちびちゃんたち――
よーし、よしよし。

ムーンカーフの群《む》れが岩の上を飛《と》び跳《は》ねながらジェイコブに近づいてくる。あっという間に、ジェイコブは、餌《えさ》をねだる人懐《ひとなつ》こい動物に取り囲まれてしまう。

ジェイコブ　慌《あわ》てないで――慌《あわ》てないで。

餌《えさ》を投げると、ムーンカーフが喜んで飛びつく。ジェイコブは見るからに気分がよさそうだ――心から楽しんでいる……

カメラをニュートに向ける。今度はエイリアンのような触手《しょくしゅ》が生えかけた、光る動物をあやしている。ボトルで何かを飲ませながら、ジェイコブがムーンカーフを扱《あつか》う様子を注意深く見ている――気心が通じるのを感じる。

ジェイコブ　（ムーンカーフに餌《えさ》を与《あた》え続けながら）かわいいな。
ほーらほら。

近くでヒヤリとするような叫《さけ》び声《ごえ》が響《ひび》く。

ジェイコブ　（ニュートに）あの音が聞こえたか？

しかしニュートの姿《すがた》はない。ジェイコブが振《ふ》り向《む》くと、カーテンがひらひらと開き、その裏《うら》に雪景色《ゆきげしき》が広がっている。

カメラは宙《ちゅう》に浮《う》かぶ油っこい小さな黒い塊《かたまり》に近づく──オブスキュラスだ。ジェイコブは不思議に思い、よく見ようと雪景色《ゆきげしき》のほうに入っていく。黒い塊《かたまり》は渦巻《うずま》き、不穏《ふおん》な落ち着かないエネルギーを発し続ける。ジェイコブは触《ふ》れようと手を伸《の》ばす。

ニュート　（声のみ o.s.　鋭《するど》く）下がって！

ジェイコブが跳《と》びあがる。

ジェイコブ　いったい《ジーズ》……

ニュート　下がってて……

ジェイコブ　これ何なんだ？

ニュート　いいから、下がってて。

ジェイコブ　いったい何なんだよ？

ニュート　「オブスキュラス」だ。

ジェイコブがニュートを見ると、一瞬《いっしゅん》なにか悪い思い出にとらわれている。ニュートは突然《とつぜん》背《せ》を向けて小屋に向かう。冷たく事務的《じむてき》な口調。カバンの中で楽し気に遊ぶ雰囲気《ふんいき》はもうない。

ニュート　さあもう行こう。逃《に》げた子たちの身に何か起こらないうちに見つけないと。

二人は別の森に入る。ニュートは使命感に満ちて先を急いでいる。

ジェイコブ　子どもたちって、ほかにも逃《に》げたのか？
ニュート　そうなんだ、コワルスキーさん。見知らぬ土地で、何百万という、地球上で最も恐《おそ》ろしい生き物に囲まれてる。

――間

ニュート　人間だよ。

ニュートがもう一度立ち止まって、大きなサバンナの囲い地を見つめる。空っぽだ。

ニュート　ところで、どこを捜《さが》せばいいかな？　中くらいの動物で、広い原っぱとか――木とか――水たまりが好きなやつが隠《かく》れるとしたらどこだろう？

ジェイコブ　ニューヨークでか？

ニュート　ああ。

ジェイコブ　原っぱ？

ジェイコブはいったいそんなところあるか、と考えながら肩《かた》をすくめる。

ジェイコブ あ、セントラルパークとか？

ニュート それはどこにあるの？

ジェイコブ あんた知らないのか？

——間

ジェイコブ いいよ。

案内してやるよ。

でも……裏切《うらぎ》ることにならないか？

あの女《ひと》たち、せっかく泊《と》めてくれて、ココアも入れてくれたのに……

ニュート 具合がよくなったって分かったら、あの二人にすぐ「オブリビエイト」されるよ。

ジェイコブ　「ブリビエイト」って？

ニュート　夢《ゆめ》から覚めるみたいなものだよ。魔法《まほう》に関する記憶《きおく》がきれいさっぱり消える。

ジェイコブ　じゃ……これ、全部忘《わす》れちゃうのか？

ジェイコブはあたりを見回す。すばらしい世界だ。

ニュート　ああ。

ジェイコブ　分かったよ——オーケー——あんたを手伝《てつだ》うよ。

ニュート　（バケツを取り上げて）よし、行こう。

シーン48

屋外／屋内
新セーレム救世軍教会の外の通り——夜

クリーデンスが教会に向かって歩いている。前よりも安らいだ顔。グレイブスに会ったことが慰《なぐさ》めになっている。

クリーデンスがゆっくりと教会に入って、そっと二重扉《とびら》を閉《し》める。

チャスティティが台所で食器を拭《ふ》いている。

メアリー・ルーが階段《かいだん》の薄《うす》暗がりに腰《こし》掛《か》けている。クリーデンスはそれを感じて立ち止まる。おびえた表情《ひょうじょう》。

メアリー・ルー　クリーデンス——どこに行ってたの？

クリーデンス　僕《ぼく》……明日《あす》の集会の場所をさがしに。
32丁目の角に広場があって――

クリーデンスは階段《かいだん》下まで来て、メアリー・ルーの厳《きび》しい顔を見て黙《だま》りこむ。

クリーデンス　母さん、ごめんなさい。
こんなに遅《おそ》いって、気がつかなくて。

クリーデンスは自動操縦《そうじゅう》されているようにベルトを外す。メアリー・ルーが立ち上がって手を伸《の》ばし、ベルトを取り、黙《だま》って階段《かいだん》を上がる。クリーデンスはおとなしくついていく。

モデスティが階段《かいだん》下に来て、恐怖《きょうふ》と動揺《どうよう》の表情《ひょうじょう》で二人の後《うし》ろ姿《すがた》を見ている。

シーン49　屋外　セントラルパーク――夜

セントラルパークの真ん中に大きな凍《こお》った池。子どもたちがスケートしている。男の子が転ぶ。女の子が助けに来て、手を取る。

二人が立ち上がろうとしているときに、氷の下に光が見える。低いゴロゴロという音が響《ひび》く。子どもたちは足元の氷の下を、光る獣《けもの》がするすると遠のいていくのを見つめる。

シーン50　屋外　ダイヤモンド街――夜

ニュートとジェイコブが人気《ひとけ》のない通りをセントラルパークへと歩いている。

周りの店には、高価《こうか》な宝飾品《ほうしょくひん》、ダイヤ、貴石《きせき》が並《なら》んでいる。ニュートはカバンを下げ、小さな生き物が動く気配がないかと目を凝《こ》らしている。

ニュート　夕食の時、見てて思ったんだけど。
ジェイコブ　うん。
ニュート　コワルスキーさん、君、みんなに好かれるだろう?
ジェイコブ　(びっくりして) ああ――でも――
ニュート　それを言うなら、あんただってきっとそうだ――だろ?
ジェイコブ　(無頓着《むとんちゃく》に) いや、そうでもない。僕《ぼく》は人をいらつかせる。
ニュート　(なんと言っていいかわからない) はあ。

ニュートはどうやら、ジェイコブのことをとても面白いと思っている。

ニュート　なぜパン屋を開こうと思った?
ジェイコブ　うーん――なんでって……

ニュート　きついんだよ――缶詰《かんづめ》工場の仕事。（ニュートの視線《しせん》に気付いて）仲間もみんな働きづめでさ、人生なんてあったもんじゃない。

ジェイコブ　缶詰《かんづめ》好きか？

ニュート　いや。

ジェイコブ　そっか、俺《おれ》もだ。だからパンでみんなを幸せにしたいのさ。おっとこっちだ。

ジェイコブが右に曲がる。ニュートも後《あと》に続く。

ニュート　銀行の融資《ゆうし》はもらえた？

ジェイコブ　あ、ダメ――担保《たんぽ》がなくてね。軍隊暮《ぐ》らしが長すぎたのかな――どうかな。

ニュート　え？　戦争に行ったの？

ジェイコブ　当然だろ。みんな行ったさ――
　あんたは行ってないのか？
ニュート　ドラゴンと戦ったよ。
　ウクライナ・アイアンベリー種――
　東部戦線でね。

ニュートが突然《とつぜん》立ち止まる。車のボンネットの上に、キラキラした小さなイヤリングがあるのに気付いたのだ。視線《しせん》を下に向ける。歩道の上にダイヤモンドが点々と散らばり、一軒《けん》のダイヤモンド店のショーウィンドーに続いている。

ニュートはこっそりとダイヤの跡《あと》をたどって、何軒《けん》かの店のショーウィンドーの前を注意深く進む。ふと何かが目に入り、ニュートははたと止まる。そしてゆっくりと忍《しの》び足《あし》で後戻《あともど》りする。

店のショーウィンドーにニフラーが立っている。身を隠《かく》すのに、宝石《ほうせき》を掛《か》けるスタンドのふりをして、小さな腕《うで》を伸《の》ばし、そこにダイヤモンドをびっしりと掛《か》けている。

ニュートは、まさかという目でニフラーを見つめる。ニュートの視線《しせん》を感じて、ニフラーがゆっくり顔を向ける。二人の目が合う。

——間

突然《とつぜん》ニフラーが逃《に》げだす。店の奥《おく》へ、ニュートから離《はな》れるように走りこむ。

ニュートがさっと杖《つえ》を取り出す。

ニュート　フェネストラ！

ショーウィンドーのガラスが割《わ》れ、中に飛《と》びこんだニュートは、引き出しや戸《と》棚《だな》をひっかきまわして、必死でニフラーを見つけようとする。ジェイコブはあっけに取られて通りからそれを見ている。知らない人が見れば、ニュートはダイヤモンド店強盗《ごうとう》に見えるだろう。

ニフラーが現《あらわ》れてニュートの肩《かた》を飛《と》び越《こ》え、捕《つか》まらないようにもっと高く、遠くへ逃《に》げようとする。ニュートはニフラーを追って机《つくえ》に飛び乗るが、ニフラーは今度はクリスタルのシャンデリアに乗って揺《ゆ》れている。

ニュートは手を伸《の》ばして捕《つか》まえようとするが、つまずいてニフラーもろともシャンデリアにぶら下がってしまう。シャンデリアが激《はげ》しくぐるぐる回る。

ジェイコブは、誰《だれ》かが店の騒《さわ》ぎを聞きつけはしないかと、びくびくしながら通りを見回す。

とうとうシャンデリアが床《ゆか》に落ちて砕《くだ》ける。ニフラーはすぐさま逃亡《とうぼう》を続け、宝石《ほうせき》の詰《つ》まった箱を次々によじ登る。ニュートがそれを激《はげ》しく追《お》い詰《つ》めていく。

ニュートのカバンの留《と》め金《がね》が片方《かたほう》開き、中から吠《ほ》え声が聞こえる。ジェイコブはこわごわカバンのほうを見る。

ニフラーとニュートの追いかけっこは続く。とうとう重さを支《ささ》えきれない宝石《ほうせき》箱《ばこ》が二人を乗せたまま倒《たお》れて店の窓《まど》にぶつかり、二人とも息をつめて様子をうかがう……

ジェイコブは深く息を吸《す》って、ゆっくりカバンに近づき、留《と》め金《がね》を掛《か》けようとする。

突然《とつぜん》窓《まど》ガラスにひびが入り始める。ニュートは、そのひびが窓《まど》ガラス全体に広がり、窓《まど》が破裂《はれつ》するのを見ている。割《わ》れた窓《まど》ガラスが歩道に散らばる――ニュートとニフラーは地面に叩《たた》きつけられる。

ニフラーはほんの一瞬《いっしゅん》動けなかったが、すぐさま通りを走り出す。ニュートは急いで気をとりなおし、杖《つえ》を取り出す。

ニュート　アクシオ！

スローモーション。ニフラーが後ろ向きで、ゆっくりとニュートのほうに飛んでいく。飛びながら、ニフラーは横を見て、これまでにない最高に豪華《ごうか》なショーウィンドーを見つける。ニフラーの目が大きく見開かれる。ニュートとジェイコブのほうに飛ぶ途中《とちゅう》、おなかの袋《ふくろ》から宝飾品《ほうしょくひん》をぼろぼろ落とす。ニュートとジェイコブは、落ちてくる宝石《ほうせき》をかわしながらニフラーに向かって走る。

街灯のそばを飛び過《す》ぎるとき、ニフラーは片腕《かたうで》を伸《の》ばして街灯をつかみ、くるりと回って方向転換《てんかん》し、ニュートが呼《よ》び寄《よ》せた方向から逸《そ》れて、その豪華《ごうか》なショーウィンドーに向かって飛び続ける。ニュートは、そのウィンドーに呪文《じゅもん》を飛ばして、ウィンドーをねばねばしたゼリー状《じょう》にする。ニフラーはとうとうねばねばに捕《つか》まる。

ニュート　（ニフラーに）どうだ、満足か？

宝石《ほうせき》だらけになったニュートが、ニフラーをウィンドーから引《ひ》っ張《ば》り出《だ》す。

パトカーのサイレンがバックに聞こえる。

ニュート　一匹《ぴき》捕獲《ほかく》、あと二匹《ひき》！

パトカーが数台、大急ぎでやってくる。

ニュートはもう一度ニフラーを振《ふ》って、ポケットからダイヤを全部出させる。

パトカーが止まり、警官《けいかん》が走り出てきて、ニュートとジェイコブに銃《じゅう》を向ける。

ジェイコブも宝石《ほうせき》だらけで、あきらめて両手を挙げる。

ジェイコブ　やつらはあっちへ逃《に》げましたよ……

銃《じゅう》を持つ警官《けいかん》①　手を、挙げろ！

ニュートのコートに押《お》しこまれたニフラーが小さな鼻を突《つ》き出《だ》してキーキー鳴く。

銃《じゅう》を持つ警官《けいかん》②　**あれはいったい何なんだ？**

さっと左を見たジェイコブの顔が恐怖《きょうふ》にひきつる。

ジェイコブ　（ほとんど言葉がでない）ラ、ライオン……

間。警官《けいかん》たちはいっせいに目と銃《じゅう》を通りの反対側に向ける。

事情《じじょう》がのみこめないニュートも、その方向を見る……ライオンが一頭、のっしのっしとこちらに向かってくる。

ニュート　（落ち着いて）ふーむ、ニューヨークって、思ってたよりもずっと面白いところだね。

警官《けいかん》が振《ふ》り返《かえ》る前に、ニュートはジェイコブをつかんで「姿《すがた》くらまし」する。

シーン51　屋外　セントラルパーク——夜

ニュートとジェイコブは、霜《しも》に覆《おお》われた公園の中を急いでいる。

橋を渡《わた》る時、全速力で脱走《だっそう》中のダチョウに突《つ》き飛《と》ばされそうになる。

遠くでゴロゴロという大きな音がする。

ニュートはポケットからヘルメットを引《ひ》っ張《ぱ》り出《だ》し、ジェイコブに渡《わた》す。

ニュート　これかぶって。

ジェイコブ　え……なんでこんなモンかぶるんだ？

ニュート　大きな衝撃《しょうげき》を受けたら、君の頭蓋骨《ずがいこつ》はひとたまりもないから。

ニュートは走り続ける。ジェイコブは恐怖《きょうふ》に駆《か》られて、ヘルメットを着けるなり、ニュートのあとを追って走る。

シーン52　屋外　ゴールドスタインのアパート——夜

ティナとクイニーが寝室《しんしつ》の窓《まど》から首を伸《の》ばして、暗い屋外をのぞいている。冬の夜空に、またしても獣《けもの》の咆哮《ほうこう》が響《ひび》く。近所の窓《まど》もいくつか開き、眠《ねむ》そうな顔が市街を見つめている。

シーン53　屋内　ゴールドスタインのアパート——夜

ティナとクイニーはジェイコブとニュートが寝《ね》ているはずの寝室《しんしつ》に飛《と》びこむ。二人の男は跡形《あとかた》もなく消えている。ティナはかんかんになって、服を着替《きが》えるのに部屋《へや》を出ていく。クイニーは傷《きず》ついたような顔。

クイニー　ココア作ってあげたのに……

シーン54　屋外　セントラルパーク動物園――夜

ニュートとジェイコブは、今や半分空っぽになった動物園に駆《か》けこむ。外壁《がいへき》があちこち壊《こわ》され、入口には大きな瓦礫《がれき》の山ができている。

また、とどろくような咆哮《ほうこう》がレンガ造《づく》りの建物にこだまする。ニュートはプロテクターを取り出す。

ニュート　よし。
ほら、これあげるから。
着てて。

ニュートはジェイコブの後ろに立ち、プロテクターの胸当《むねあ》てを着せてひもをむすぶ。

ジェイコブ　分かった。
ニュート　大丈夫《だいじょうぶ》、何にも心配することないからね。
ジェイコブ　あのなあ、あんたにそう言われて、信じたやつ、いるのか？
ニュート　どうせ苦しむなら、心配するだけむだだ。僕《ぼく》の哲学《てつがく》だよ。

ジェイコブはニュートの「哲学《てつがく》」をかみしめる。

ニュートはカバンを取り上げ、ジェイコブは瓦礫《がれき》につまずきながら後《あと》に続く。

二人は動物園の入口に立つ。中から荒々《あらあら》しい鼻息が聞こえる。

ニュート　「さかり」の時期だ。
雄《おす》の相手を探《さが》してる。

エルンペントにカメラを向ける——大型の丸々としたサイのような生き物で、額《ひたい》から巨大《きょだい》な角が突《つ》き出《だ》している。檻《おり》の中で怯《おび》えきっている雄《おす》のカバ（自分はそのカバの五倍の大きさ）に檻《おり》の外からすり寄《よ》ろうとしている。

ニュートは液体《えきたい》の入った小さなガラス瓶《びん》を取り出す——口で栓《せん》を抜《ぬ》いて脇《わき》に吐《は》き出《だ》し、両手首にほんの少し液体《えきたい》をこすりつける。ジェイコブがニュートを見る——強烈《きょうれつ》な刺激臭《しげきしゅう》がする。

ニュート　エルンペント用のムスク香《こう》だ——このにおいでメロメロになる。

ニュートはジェイコブに栓《せん》を抜《ぬ》いた瓶《びん》を渡《わた》し、動物園に入っていく。

タイムカット

ニュートはエルンペントのそばの地面にカバンを置き、ゆっくりと、誘《さそ》うように蓋《ふた》を開ける。

ニュートが「求愛の踊《おど》り」を始める——唸《うな》ったり呻《うめ》いたり、腰《こし》を振《ふ》ったり転がったり——エルンペントの気を引こうとする。

エルンペントがついにカバから離《はな》れる——ニュートに関心を持つ。両者は向き合って、奇妙《きみょう》に体をゆらしながらお互《たが》いに円を描《えが》くように回りこむ。エルンペントはまるで子犬のように従順《じゅうじゅん》になる。角がオレンジ色に光っている。

ニュートが地面に転がる——エルンペントもまねをして、カバンに近づいてくる。

ニュート　いい子だ——さあおいで——カバンにお入《はい》り。

ジェイコブはムスクの匂《にお》いを嗅《か》いでみる。そのとき、宙《ちゅう》を飛んできた魚がぶつかり、ジェイコブはぐらついてムスクをこぼす。

風向きが変わる。木の葉が音を立てる。エルンペントが深々と息を吸《す》う——ジェイコブから漂《ただよ》ってくるもっと強烈《きょうれつ》な香《かお》りを嗅《か》ぎつける。

ジェイコブがあたりを見回すと、背後《はいご》に申《もう》し訳《わけ》なさそうな顔のオットセイがいて、悪戯《いたずら》っぽく逃《に》げていく。

ジェイコブが振《ふ》り向《む》くと、今度は立ち上がって自分を見つめているエルンペントが目に入る。

カメラをまずニュートに、次にジェイコブに向ける。二人とも何が起ころうとしていいるかに気付く。

カメラをシーンに戻す

エルンペントが狂《くる》ったように唸《うな》りながら、匂《にお》いの元に突進《とっしん》する。ジェイコブは悲鳴をあげて、全速力で逃《に》げる。エルンペントが追いかける——瓦礫《がれき》の山や凍《こお》った池を突《つ》き抜《ぬ》け、雪に覆《おお》われた公園に突入《とつにゅう》する。

ニュートが杖《つえ》を取り出して——

ニュート　レパ（ロ）……

呪文《じゅもん》を掛《か》け終わらないうちに、ヒヒがその手からさっと杖《つえ》をもぎ取り、戦利品を手に逃《に》げ去る。

ニュート　なんてこった《マーリンのひげ》！

ジェイコブにカメラ。死《し》に物狂《ものぐる》いで走っていく。エルンペントがすぐ後ろに迫《せま》っている。

ニュートにカメラ。興味深《きょうみぶか》げに杖《つえ》を調べているヒヒと向き合っている最中。

ニュートは手近な木から小枝《こえだ》を折ってヒヒのほうに突《つ》き出《だ》し、なんとか取《と》り換《か》えようとしている。

ニュート　ほら、こっちにしない？
同じだよ……

カメラをジェイコブに戻《もど》す。

木に登ろうとして、ジェイコブは、枝《えだ》から逆《さか》さまにぶら下がってしまう。今にも落ちそうだ。

ジェイコブ　（怖《こわ》くて大声で呼《よ》ぶ）ニュート！

エルンペントがジェイコブの下で、仰向《あおむ》けに転がり、誘《さそ》うように足をごにょごにょ動かしている。

カメラをニュートに戻《もど》す――ヒヒがニュートの杖《つえ》を振《ふ》る。

ニュート　あ、あ、あ、よせ！

ニュートは心配そうな表情《ひょうじょう》――**バーン**――杖《つえ》が「発砲《はっぽう》」する。呪文《じゅもん》でヒヒがあおむけにひっくり返る。杖《つえ》は飛んでニュートの手に戻《もど》る。

ニュート　ごめんね――

カメラはジェイコブに――エルンペントが今度は立ち上がって木に突進《とっしん》し、角が幹《みき》に深々と突《つ》き刺《さ》さる。光る液体《えきたい》で幹《みき》が泡立《あわだ》ち、やがて爆発《ばくはつ》して木が倒《たお》れる。

投げ飛ばされたジェイコブは、雪に覆《おお》われた急な坂をごろごろ転がって、下の凍《こお》った池に落ちる。

エルンペントはその後《あと》を追いかけ、坂を飛んで池に落ち、続いて氷で滑《すべ》る。全速力で丘《おか》を駆《か》け下りてきたニュートも氷の池に落ちる。カバンを開けたまま、ニュートがみごとなスライディングを見せる――エルンペントがあわやジェイコブを、という瞬間《しゅんかん》、カバンに吸《す》いこまれる。

ニュート　お見事！　コワルスキーさん！

ジェイコブが手を出して握手《あくしゅ》しようとする。

ジェイコブ　ジェイコブでいいよ。

二人は握手《あくしゅ》する。

カメラは第三者の主観ショット。ニュートがジェイコブを助け起こし、凍《こお》った池をつるつる滑《すべ》りながらも急いで渡《わた》る様子を映す。

ニュート　さて、二匹《ひき》捕獲《ほかく》、あと一匹《ぴき》。

カメラはティナに固定。二人の上の橋に隠《かく》れて、下を覗《のぞ》き見《み》ている。

ニュート　（声のみ v.s. ジェイコブに）入《はい》って。

カバンだけが橋の下に置かれている。

ティナが隠《かく》れていた場所からすぐに出てきて、急いでカバンに腰掛《こしか》け、留《と》め金《がね》を掛《か》ける。ショックを受けてはいるが、決然とした表情《ひょうじょう》。

司会者　（声のみv.o.）ご来場の皆様《みなさま》、今夜……

シーン55　屋内　市庁舎《しちょうしゃ》――夜

みごとな装飾《そうしょく》のある大きな広間。愛国的な紋章《もんしょう》で覆《おお》われている。いくつもの円《えん》卓《たく》を囲んで、豪華《ごうか》に着飾《きかざ》った人々が座《すわ》り、広間の奥《おく》のステージを見ている。ステージの上から、ショー上院議員の特大ポスターが下がり、「アメリカの未来」というスローガンが書かれている。

司会者がマイクの後ろに立っている。

司会者 ……今夜、スピーチをしてくださる方は、ご紹介《しょうかい》するまでもないでしょう。
未来の大統領《だいとうりょう》との呼《よ》び声《ごえ》も高い――
信じられないなら、そう書いてありますよ、お父さんの新聞にね――

聴衆《ちょうしゅう》は寛容《かんよう》な笑い声をあげる。ショー・シニアとラングドンのテーブルには、ニューヨーク社交界のそうそうたる名士や貴婦人《きふじん》がずらりとそろっている。

司会者 お待たせしました。ニューヨーク州上院議員、ヘンリー・ショー！

割《わ》れるような拍手《はくしゅ》。ショー上院議員が弾《はず》む足取りで進み出る。拍手《はくしゅ》に応《こた》え、聴《ちょう》衆《しゅう》の中の顔見知りを指さしてウィンクしながら、ステージの階段《かいだん》を上る。

シーン56　屋外　暗い通り――夜

何物かが通りを走り過《す》ぎていく。人間にしては大きすぎ、早すぎる。得体のしれない苦し気な息遣《いきづか》い、唸《うな》り声――ヒトではなく獣《けもの》のようだ。

シーン57　屋外　市庁舎《しちょうしゃ》に近い通り――夜

ティナがトランクを抱《かか》えて急いでいる。周りの街灯が消え始める。ティナは暗がりを通《とお》り過《す》ぎる何物かの気配を感じて立ち止まる——振《ふ》り向《む》いて目を凝《こ》らす。怖《こわ》い。

シーン58 屋内 市《し》庁《ちょう》舎《しゃ》——夜

ショー議員 ……確《たし》かに我々《われわれ》は、ある程度《ていど》の進歩を遂《と》げました。

しかし立ち止まっては、意味がありません。

法律《ほうりつ》により汚《けが》らわしい酒場の営業《えいぎょう》は、禁止《きんし》となりましたが……

広間の後方にあるパイプオルガンから、不気味な、不安を掻《か》き立《た》てる音が聞こえる。全員が振《ふ》り返《かえ》り、ショー議員もスピーチを一瞬中断《いっしゅんちゅうだん》する。

ショー議員 ……そして今や、

ビリヤード場や、
サロンのたぐいも……

不気味な音が大きくなる。

聴衆《ちょうしゅう》がまた振《ふ》り返《かえ》る。ショー議員は不安げな顔になり、聴衆《ちょうしゅう》がざわつく。

突然《とつぜん》オルガンの下から何かが飛び出す。目には見えないが、巨大《きょだい》な獣《けもの》のようなものが広間に覆《おお》いかぶさる――テーブルは飛び、人々が吹き飛《と》ばされ、電灯が砕《くだ》ける。不気味な物体がステージに向かって道を切り分けるように進む様を見て、人々が悲鳴をあげる。

ショー上院議員が吹《ふ》き飛《と》ばされ、自分自身のポスターにぶつかる。体が持ち上げられ、一瞬《いっしゅん》高々と宙《ちゅう》に浮《う》いたかと思うと、激《はげ》しく床《ゆか》にたたきつけられる――

死んでいる。

「獣《けもの》」はポスターをビリビリに裂《さ》く――耳障《みみざわ》りな激《はげ》しく荒々《あらあら》しい息を吐《は》きながら、狂《くる》ったように切《き》り裂《さ》く――そして、出てきた場所へと煙《けむり》が引くように戻《もど》っていく。

聴衆《ちょうしゅう》が混乱《こんらん》し、苦しげな声をあげる中、ショー・シニアが瓦礫《がれき》を掻《か》き分《わ》けて息子《むすこ》に近づく。亡骸《なきがら》は傷《きず》だらけで、血を流している。

ショー議員の亡骸《なきがら》にカメラ。顔が無残に傷《きず》ついている。息子《むすこ》の傍《かたわ》らに呆然《ぼうぜん》と膝《ひざ》をつくショー・シニア。

ラングドンにカメラ。立ち上がってはいるが、やや酔《よ》っている。きっぱりと、おそらく勝《か》ち誇《ほこ》って叫《さけ》ぶ。

ラングドン　魔女《まじょ》だ!

シーン59

屋内　マクーザのロビー——夜

「魔法暴露警報《まほうばくろけいほう》ダイヤル」にフォーカス。針《はり》は**「深刻《しんこく》」**から**「緊急《きんきゅう》」**に移《うつ》っている。

カバンを手にしたティナが、魔法使《まほうつか》いたちがあちこちに固まって、心配そうにひそひそ話をしている中を通《とお》り過《す》ぎ、ロビーの階段《かいだん》を駆《か》け上《あ》がる。

ハインリヒ・エバスタッド（声のみv.o.）アメリカは機密保持《きみつほじ》法違反《いはん》を見逃《みのが》した……

シーン60

屋内　五芒星型《ペンタグラム》の会議室――夜

昔の議会の議場のような形をした壮大《そうだい》なホール。世界中からの魔法使《まほうつか》いが集まっている。ピッカリー議長が、グレイブスを脇《わき》に従《したが》えて会議を取り仕切っている。

スイス代表が発言。

ハインリヒ・エバスタッド　……お陰《かげ》で我々《われわれ》全員の存在《そんざい》が暴露《ばくろ》されかねない。

ピッカリー議長　ゲラート・グリンデルバルドを捕《つか》まえ損《そこ》ねている方に言われたくありませんね――

ショー上院議員のねじれた亡骸《なきがら》のホログラムが、光を放ちながらホールに高々と浮《う》かぶ。

ティナが会議室に駆《か》けこんでくる。一同がいっせいに振《ふ》り向《む》く。

ティナ　ピッカリー議長、失礼します。重大なお知らせが――

刺《さ》すような沈黙《ちんもく》。急いで入ってきたティナは、大理石の床《ゆか》の真ん中で立《た》ち往《おう》生《じょう》し、その部屋《へや》で何が行われているかに気付く。各国代表がティナを見つめる。

ピッカリー議長　会議に割《わ》って入るほど重要なのでしょうね？　ミス・ゴールドスタイン。

ティナ　はい――そうです。

(議長に話しかけるために進み出て）議長、昨日《きのう》ニューヨークに上陸した魔法使《まほうつか》いが、このカバンに魔法《まほう》動物を入れており、しかも――残念ながら――何匹《ひき》かを逃《にが》してしまったのです。

ピッカリー議長　昨日到着《きのうとうちゃく》したのですか？

無登録の魔法使《まほうつか》いが、町なかに魔法《まほう》動物を放ったことを、24時間前から知っていながら、死人が出た今になってやっと報告《ほうこく》ですか？

ティナ　……死人が出た？

ピッカリー議長　その魔法使《まほうつか》いはどこですか？

ティナはカバンを床《ゆか》に横に置き、蓋《ふた》をノックする。するとカバンがキーッと開き、最初にニュートが、続いてジェイコブが現《あらわ》れる。周りを見て二人ともとまどう。

イギリス代表　スキャマンダー？

ニュート　（カバンを閉《と》じながら）ああ――どうも大臣。

モモル・ウォトルソン　テセウス・スキャマンダーか？　あの戦争の英雄《えいゆう》の？

イギリス代表　いや　彼《かれ》はその弟だよ。

いったいぜんたい《マーリンさま》、どういうわけでニューヨークにいるのか

ニュート　ね？

イギリス代表　アパルーサ・パフスケインを買いに来ました。

ピッカリー議長　（疑《うたが》っている）なるほど……

ティナ　本当は何しに来た？

大臣たち　（ティナに。ジェイコブを示《しめ》して）ゴールドスタイン——もう一人は？

こちらはジェイコブ・コワルスキー、ノー・マジです。

スキャマンダーさんが逃《に》がした動物に噛《か》まれてしまって……

マクーザの職員《しょくいん》と世界中の代表から憤慨《ふんがい》した声があがる。

（ささやき合う）ノー・マジだって？

オブリビエイトしたのか？

ニュートはホールを漂《ただよ》うショー議員のイメージにすっかり気を取られている。

ニュート　なんてことに《マーリンのひげ》！

マダム・ヤ・ジョウ　あなたのどの動物の仕業《しわざ》かおわかりでしょうね？　スキャマンダーさん。

ニュート　いえ……動物の仕業《しわざ》じゃない……お分かりのはずです！　ご覧《らん》ください。あの印が何よりの証拠《しょうこ》だ……

ショー議員の顔にカメラ。

ニュートにカメラ。

ニュート　オブスキュラスの仕業《しわざ》です。

議場が騒然《そうぜん》となり、皆《みな》が口々に驚《おどろ》きの声をあげる。グレイブスは緊張《きんちょう》した面持ち。

ピッカリー議長　スキャマンダーさん、滅多《めった》なことを言わないように。アメリカにオブスキュラスを生む者はいません。グレイブス！　カバンを押収《おうしゅう》しなさい。

グレイブスがカバンを「呼《よ》び寄《よ》せ」する。カバンがグレイブスの脇《わき》に飛ぶ。ニュートが杖《つえ》を取り出す。

ニュート　（グレイブスに）待ってください！　返して！

ピッカリー議長　全員逮捕《たいほ》しなさい！

まばゆい呪文《じゅもん》がいくつも、ニュート、ティナ、ジェイコブを撃《う》ち、三人はひざまずかせられる。ニュートの杖《つえ》が手を離《はな》れて飛び、グレイブスに取られる。

グレイブスが立ち上がってカバンを持つ。

ニュート　（魔法《まほう》で拘束《こうそく》されている）どうか――やめて――動物たちを傷《きず》つけないで――誤解《ごかい》です――カバンの中には危険《きけん》なものなんて何もいません――本当です！

ピッカリー議長　我々《われわれ》が判断《はんだん》します！
（三人の後ろに立っている闇祓《やみばら》いたちに向かって）牢屋《ろうや》に入れなさい！

ティナを見るグレイブスにカメラ。ティナ、ニュート、ジェイコブが引《ひ》っ張《ぱ》られていく。

ニュート　（必死に叫《さけ》ぶ）動物たちを傷《きず》つけないでください――カバンの中には危険《きけん》な動物なんかいません！
どうか、その子たちを傷《きず》つけないで――危険《きけん》じゃありません……お願いです。
危険《きけん》じゃないんだ！

シーン61 屋内 マクーザの牢獄《ろうごく》——日中

ニュート、ティナ、ジェイコブが座《すわ》りこんでいる。ニュートは、動物たちのことで絶望《ぜつぼう》し、両手に顔を埋《う》めている。やがてティナが涙目《なみだめ》で沈黙《ちんもく》を破《やぶ》る。

ティナ スキャマンダーさん、動物たちのこと、ごめんなさい。本当に。

ニュートは黙《だま》ったままだ。

ジェイコブ (小声で s.v. ティナに) 誰《だれ》か説明してくれない?
そのオブスキュ何とかって、いったい何なんだ?

ティナ (同じく小声で s.v.) ここ何世紀も現《あらわ》れなかったわ——

ニュート 三か月前スーダンで一人見つけた。

ティナ　昔はもっといたそうだ。
でも、今も存在《そんざい》してる。
魔法使《まほうつか》いがまだ身を潜《ひそ》めず、マグルに狩立《かりた》てられていた時代、
迫害《はくがい》を避《さ》けるため、自分の能力《のうりょく》を抑《おさ》えつけようとする幼《おさな》い魔法《まほう》
使《つか》いたちがいた。
自分の力を制御《せいぎょ》する方法を学ぶことができず、かわりに「オブ
スキュラス」というものを生み出したんだ。
（ジェイコブが混乱《こんらん》しているのに気付いて）コントロールがきか
ない闇《やみ》の力よ。爆発《ばくはつ》して――攻撃《こうげき》して……そして消え去る……

ティナは、話しながら初めてすべてを悟《さと》っていく。ニューヨークを荒《あ》らしま
わった犯人《はんにん》がオブスキュラスなら、何もかも腑《ふ》に落ちる。

ティナ　（ニュートに）オブスキュラスを生む者は、長くは生きられな
いんでしょう？

ニュート　オブスキュラスを生む者が10歳《さい》より長生きした記録はない。僕《ぼく》がアフリカで会った女の子は……たった8歳《さい》で死んでしまった。

ジェイコブ　じゃ、ショー議員を殺したのは、そんな年端《としは》もいかない……子ども？

ニュートの顔に、「そうだ」と書かれている。

シーン62　**屋内　新セーレム救世軍教会、メイン・ホール――日中――モンタージュ**

モデスティが長テーブルに近づく。大勢《おおぜい》の孤児《こじ》がむさぼるように食事をしている。

モデスティ

（遊び歌を続ける）

……♪マ～マとおばさん　空を飛ぶ
魔《ま》～女《じょ》は涙《なみだ》を流さない
マ～マとおばさん　魔女退治《まじょたいじ》！

モデスティはテーブルから、子どもたちの持っているビラを何枚《まい》か集める。

魔女《まじょ》1号、おぼれ死に！
魔女《まじょ》2号、首吊《つ》った！
魔女《まじょ》3号……

タイムカット

食事を終えた子どもたちは、ビラを持ってテーブルを離《はな》れ、扉《とびら》に向かう。

チャスティティ （子どもたちの背後《はいご》から呼《よ》びかけ）ビラをちゃんと配ってね！
捨《す》てたら分かるわよ。
何か怪《あや》しいものを見たら知らせて。

クリーデンスにズームする——皿を洗《あら》いながら、子どもたちをじっと観察している。

モデスティが教会から出ていく最後の子どもの後《あと》についていく。

シーン63　屋外　新セーレム救世軍教会——日中

モデスティが、人通りの多い道の真ん中に立っている。ビラを空中高く放り投げ、自分の周りに落ちてくるのを、いかにも嬉《うれ》しそうに見ている。

シーン64　屋内　マクーザの監獄《かんごく》／廊下《ろうか》——日中

白い上着を着た二人の死刑執行人《しけいしっこうにん》が、手かせを掛《か》けられたニュートとティナを牢獄《ろうごく》から出し、暗い地下の廊下《ろうか》を連行していく。

ニュート　（振《ふ》り返《かえ》って）知り合えてよかったよ、ジェイコブ。
パンの店、持てるといいね。

ジェイコブにカメラ。取り残されて怯《おび》えながら、牢獄《ろうごく》の鉄格子《てつごうし》につかまってい
る。心細そうにニュートに手を振《ふ》る。

シーン65
屋内　尋《じん》問《もん》室《しつ》——日中

殺風景な小部屋。壁《かべ》は黒く、窓《まど》がない。
グレイブスが尋問《じんもん》用のデスクにつき、書類を前にしてニュートと向き合ってい
る。ニュートは、まぶしい光が目に入り、目を細めて前を見ている。
ティナは二人の死刑《しけい》執行人《しっこうにん》に挟《はさ》まれて、その後ろに立っている。

グレイブス　君は興味深《きょうみぶか》い男だな、スキャマンダー君。
ティナ　（進み出て）グレイブス長官——

グレイブスが唇《くちびる》に指を一本当《あ》てる。ティナに黙《だま》れというサインだ。そのしぐさは、いたわるように見えて実は上から押《お》さえつけている。ティナは卑屈《ひくつ》に従《したが》う——言われた通り、薄暗《うす》がりに引き下がる。

グレイブスはデスクの書類を調べる。

グレイブス　ホグワーツ時代、人命を危険《きけん》にさらし、退校処分《たいこうしょぶん》になった——
ニュート　あれは事故《じこ》です。
——その原因《げんいん》は獣《けもの》だった。
グレイブス　だが一人の教師《きょうし》が、君の退学処分《たいがくしょぶん》に強硬《きょうこう》に反対した。アルバス・ダンブルドアは、なぜそんなに君を気に入っていたんだね？

ニュート　僕《ぼく》には分かりません。

グレイブス　では、この町に危険《きけん》な動物たちを放ったのも、またもやただの事故《じこ》だというのか？

ニュート　どうだ？

グレイブス　わざとやる理由がないでしょう？

ニュート　魔法《まほう》の存在《そんざい》を暴露《ばくろ》し、魔法界《まほうかい》と人間界との戦争を煽《あお》るためとか。

グレイブス　大いなる善《ぜん》のために大勢《おおぜい》を殺すとでも？

ニュート　そうだ。その通り。

グレイブス長官、僕《ぼく》はグリンデルバルドの信奉者《しんぽうしゃ》ではありません。

グレイブスの表情《ひょうじょう》がわずかに変わったのを見れば、ニュートのことばが痛《いた》いところを衝《つ》いたのがわかる。グレイブスは脅迫《きょうはく》的な態度《たいど》を強める。

グレイブス　スキャマンダー君、これはどう説明するつもりかね？

ゆっくりと杖《つえ》を動かし、グレイブスはニュートのカバンからオブスキュラスを引き出して机《つくえ》の上に乗せる——物体は脈打ち、渦巻《うずま》き、シューシューと音を立てる。

カメラは、信じられないという顔で目を見張《みは》るティナにズームする。

グレイブスがオブスキュラスに手を伸《の》ばす——すっかり魅《み》せられている様子。急に近づかれたオブスキュラスは、回転が速くなり、泡立《あわだ》ち、縮《ちぢ》こまって後退《あとずさ》りする。

ニュートは反射《はんしゃ》的にティナを見る。なぜなのか自分にもよくわからないが、ニュートはティナにこそ納得《なっとく》してもらいたいのだ。

ニュート　**これはオブスキュラスだ——**

（ティナの視線《しせん》を感じながら）でも、あなたの考えているようなものじゃない。

スーダンの女の子を助けようとして引きはがしたんだ――研究のため持ち帰りたかった――

（ティナのショックに気付いて）でもカバンの外に出したら生きられない。

ティナ！　だから害はないんだよ。

宿主なしでは役立たずか？

役立たず？　役立たずですって……？

そいつは、まだ幼《おさな》い子どもに寄生《きせい》して、魔力《まりょく》でその命を奪《うば》ったんですよ。

いったい何に役立つって言うんです？

グレイブス

ニュート

ニュートはとうとう怒《いか》りを抑《おさ》えきれなくなり、グレイブスをにらみつける。

ティナも、不穏《ふおん》な空気を感じ取って、グレイブスを見ている――不安そうな怯《おび》えた表情《ひょうじょう》。
グレイブスは質問《しつもん》を無視《むし》して立ち上がり、ふたたび非難《ひなん》の矛先《ほこさき》をニュートに向ける。

グレイブス　しらばっくれてもムダだぞ。君がニューヨークにオブスキュラスを持《も》ちこんだのは、大混乱《こんらん》を起こし、国際機密保持法《こくさいきみつほじ》を破《やぶ》って魔法界《まほうかい》の存在《そんざい》をあらわにするためだろう——

ニュート　それ自体は危険《きけん》なものではありません。ご存知《ぞんじ》のはずでしょう！

グレイブス　——魔法界《まほうかい》に対する裏切《うらぎ》り行為《こうい》だ。よって君を死刑《しけい》に処《しょ》す。ミス・ゴールドスタインも共謀罪《きょうぼうざい》で……

ニュート　違《ちが》う。彼女《かのじょ》は何もしてない——

グレイブス　——彼女《かのじょ》も同じく死刑《しけい》に処《しょ》す。

二人の死刑執行人《しけいしっこうにん》が進み出る。執行人《しっこうにん》は静かに、しかしニュートとティナにははっきり感じ取れるように強く、二人の首に杖《つえ》を突《つ》きつける。

ティナはショックと恐怖《きょうふ》で口もきけない。

グレイブス　（死刑執行人《しけいしっこうにん》に）すみやかに執行《しっこう》しろ。ピッカリー議長には私《わたし》から報告《ほうこく》しておく。

ニュート　ティナ。

グレイブスはまた指を唇《くちびる》に当てる。

グレイブス　シー。（死刑執行人《しけいしっこうにん》に向かって手を振《ふ》りながら）行け。

シーン66

屋内　みすぼらしい地下の会議室――日中

クイニーがコーヒーポットとカップを乗せたお盆《ぼん》を会議室に運んでいく。

突然《とつぜん》クイニーが立ち止まる。目を見開き、恐怖《きょうふ》の表情《ひょうじょう》。お盆《ぼん》を落とす――コーヒーカップが床《ゆか》に落ちて壊《こわ》れる。

マクーザの雑多《ざった》な下級役人たちが、振《ふ》り向《む》いてクイニーをにらむ。クイニーは呆然自失《ぼうぜんじしつ》の状態《じょうたい》で見つめ返す。それから廊下《ろうか》を駆《か》けだす。

シーン67　屋内　死刑執行室《しけいしっこうしつ》に続く廊下《ろうか》——日中

黒い金属《きんぞく》の長い廊下《ろうか》が、真っ白な部屋《へや》に続いている。部屋《へや》には四角いプールがあり、中で液体《えきたい》が波打っている。その上に魔法《まほう》で浮《う》かぶ椅子《いす》が一脚《きゃく》。

ニュートとティナは、死刑執行人《しけいしっこうにん》に、無理やり部屋《へや》に入れられる。ドアにはガードマンが一人立っている。

ティナ　（死刑執行人《しけいしっこうにん》の一人に）やめて——バーナデット——お願い——

処刑人《しょけいにん》①　苦しくはありませんよ。

ティナはプールの端《はし》に連れて来られる。恐怖《きょうふ》で息が荒《あら》くなり、乱《みだ》れている。

処刑人《しょけいにん》①は微笑《ほほえ》みながら杖《つえ》を挙げ、ティナの頭から慎重《しんちょう》に幸福な思い出を引き出す。ティナはすぐに静かになる——虚《うつ》ろな、別世界にいるような表情《ひょうじょう》。

処刑人《しょけいにん》①が思い出を液体《えきたい》に投げ入れると、プールが波立ち、ティナの思い出のシーンを映《うつ》し出《だ》す。

幼《おさな》いティナが、母親の声に応《こた》えてにっこりしている。

ティナの母　（声のみ v.o.）ティナ……ティナ……いらっしゃい、いい子ちゃん——もう眠《ねむ》る時間よ。いいわね？

ティナ　ママ……

ティナの母親がプールに映《うつ》し出《だ》される。愛情《あいじょう》のこもった温《あたた》かい表情《ひょうじょう》だ。現実《げんじつ》のティナは微笑《ほほえ》みながらそれを見下ろしている。

処刑人《しょけいにん》①　ほら、楽しそうでしょ？
向こうに行きたい？
どう？

ティナは虚《うつ》ろにうなずく。

シーン68　屋内　マクーザのロビー――日中

クイニーが混《こ》み合ったロビーに立っている。エレベーターのドアが開く音。
エレベーターのドアにカメラ。ドアが開くとジェイコブが忘却術士《ぼうきゃくじゅつし》のサムに付き添《そ》われて出てくる。

クイニーが決然と、二人に足早に近づく。

クイニー　ハイ、サム！
サム　やあ、クイニー。
クイニー　あなた、下で呼《よ》ばれてたわよ。私《わたし》がオブリビエイトしとく。
サム　君には資格《しかく》がない。

クイニーがきっとなってサムの心を読む。

クイニー　ねえ、サム――あなたのルビーとの浮気《うわき》、セシリーは知ってるの？

ルビーにカメラ。三人の行く手に立っているマクーザの魔女《まじょ》、ルビーが、サムに笑いかける。

クイニーとサムにカメラ——サムは落ち着かない。

サム　（唖然《あぜん》として）なんでそれを……？

クイニー　私《わたし》にその人を預《あず》けてくれたら、奥《おく》さんに黙《だま》っててあげる。

サムは呆然《ぼうぜん》として退《しりぞ》く。クイニーはジェイコブの腕《うで》を取って、広いロビーをどんどん歩かせる。

ジェイコブ　なんでここに？

クイニー　シー！　ティーンがピンチなのよ。あたし、心を読もうとしているとこ——（ティナの心を読む）ジェイコブ、ニュートのカバンはどこ？

ジェイコブ　グレイブスってやつが持ってると思う——

クイニー　分かった。来て——

ジェイコブ　え？　オブリビエイトしないの？
クイニー　するわけないでしょ――あなたは仲間だもの！

クイニーはジェイコブを急《せ》き立てて中央階段《かいだん》を上る。

シーン69　屋内　死《し》刑《けい》執《しっ》行《こう》室《しつ》――日中

ティナは処刑椅子《しょけいいす》に座《すわ》ってじっと下を見ている。プールには、両親と妹のクイニーの幸せな姿《すがた》のイメージが渦巻《うずま》いている。

思い出

カメラはプールの中を映《うつ》し、ティナの思い出の一つをたどる。ティナが新セーレム救世軍教会の中に入っていき、階段《かいだん》を上る。メアリー・ルーがクリーデンスのベルトを手に立っているのを見つける――クリーデンスは怯《おび》えている。ティナは怒《おこ》ってメアリー・ルーに呪文《じゅもん》をかける。ティナが進み出てクリーデンスを慰《なぐさ》める。

ティナ　大丈夫《だいじょうぶ》よ。

現実《げんじつ》のティナにカメラを戻《もど》す。プールを覗《のぞ》きこんだまま、失った過去《かこ》に懐《なつ》かしそうに微笑《ほほえ》みかけている。

カメラはニュートに。自分の腕《うで》をさっと見おろす――ピケットがこっそり、敏《びん》捷《しょう》に下りていき、ニュートの手枷《てかせ》を外そうとしている。

シーン70　屋内　グレイブスのオフィスに続く廊下《ろうか》——日中

グレイブスのオフィスのドアにカメラ。

クイニー　（声のみ o.s.）アロホモラ。

クイニーとジェイコブがグレイブスのオフィスの外に立っているが、やりにくそうな様子。
クイニーが何とかしてドアを開こうとしている。

クイニー　アベルト……

ドアは閉《し》まったままだ。

クイニー　（いらいらして）ウーン、あいつ、やっぱり、強力な鍵《かぎ》の呪文《じゅもん》を知ってるわね。

シーン71　屋内　死刑《しけい》執行室《しっこうしつ》――日中

カメラはピケットに。ニュートの手枷《てかせ》を外し終える。それからすばやく処刑人《しょけいにん》②の上《うわ》っ張《ぱ》りによじ登る。

処刑人《しょけいにん》②　（ニュートに）さて、あなたの幸せな記憶《きおく》を頂《いただ》きましょう――

処刑人《しょけいにん》②が杖《つえ》をニュートの額《ひたい》に当てる。ニュートはその一瞬《いっしゅん》をとらえる――飛び退《すさ》り、スウーピング・イーヴルを取り出してプールに向かって投げ、すばやく振《ふ》り返《かえ》ってガードマンを殴《なぐ》り、ノックアウトする。

スウーピング・イーヴルが広がって、骨《ほね》ばった羽をもつ、不気味で妖《あや》しくも美しい蝶《ちょう》のような巨大《きょだい》な爬虫類《はちゅうるい》になり、プールの周りを何度も旋回《せんかい》する。

ピケットが処刑人《しょけいにん》②の腕《うで》によじ登って噛《か》み付《つ》く。処刑人《しょけいにん》②が驚《おどろ》いて気がそれた隙《すき》に、ニュートはその腕《うで》をつかみ、彼女《かのじょ》の杖《つえ》で呪文《じゅもん》をかける。発射《はっしゃ》された呪文《じゅもん》は処刑人《しょけいにん》①にあたり、処刑人《しょけいにん》①が倒《たお》れて、その杖《つえ》がプールに落ちる。そのとたん、プールの液体《えきたい》がねばねばした黒い泡《あわ》を立てて盛《も》り上《あ》がり、たちまち杖《つえ》を飲《の》みこむ。

その反動で、ティナの楽しい思い出は悪い思い出に変わる。メアリー・ルーがティナを攻撃《こうげき》的に指さす。

メアリー・ルー　魔女《まじょ》め！

ティナはプールに魅入《みい》られたままだが、だんだん恐怖《きょうふ》を募《つの》らせているように見える。椅子《いす》が徐々《じょじょ》に下がって液体《えきたい》に近づく。

スウーピング・イーヴルが滑《すべ》るように部屋《へや》を飛び、処刑人《しょけいにん》②を床《ゆか》にたたきのめす。

シーン72 屋内 グレイブスのオフィスに通じる廊《ろう》下《か》――日中

ジェイコブがさっとあたりを見回してから、ドアを思い切り蹴飛《けと》ばして開ける。

クイニーが部屋《へや》に駆《か》けこんで、ニュートのカバンとティナの杖《つえ》を取《と》り戻《もど》す間、ジェイコブは見張《みは》り役だ。

シーン73 屋内 死刑執行室《しけいしっこうしつ》――日中

ティナが突如夢《とつじょゆめ》から覚めて、悲鳴をあげる。

ティナ　スキャマンダーさん！

液体《えきたい》は今や黒く泡立《あわだ》つ死の劇薬《げきやく》に変わっている。液面《えき》がせり上がり、椅子《いす》に座《すわ》っているティナを取り囲む。ティナは椅子《いす》に立ち上がって逃《に》げようとするが、慌《あわ》てて危《あや》うく椅子《いす》から落ちそうになる。必死にバランスを取《と》り戻《もど》そうとする。

ニュート　うろたえないで！

ティナ　ほかにどうしろっていうの？

ニュートが奇妙《きみょう》な舌打《したう》ち音を出す。スウーピング・イーヴルがその合図でもう一度プールの周りを旋回《せんかい》する。

ニュート　ジャンプして……

ティナはスウーピング・イーヴルを見る──恐《おそ》ろしい、信じられない。

ティナ　**気は確《たし》か？**

ニュート　そいつに飛び乗って。

ニュートはプールの端《はし》に立ち、スウーピング・イーヴルがティナの周りを何度も旋回《せんかい》するのを見ている。

ニュート　ティナ、大丈夫《だいじょうぶ》だ。僕《ぼく》がキャッチする。ティナ！

二人はしっかりと目を見かわす。ニュートは安心させようとしている……

液体《えきたい》は今や、ティナの頭に届《とど》くほどの高さの波になっている——ティナにはニュートの姿《すがた》が見えない。

ニュート （非常《ひじょう》に冷静に、強く促《うなが》して）僕《ぼく》がキャッチするから。僕《ぼく》を信じて、ティナ。

突然《とつぜん》ニュートが声を張《は》りあげる。

ニュート 跳《と》べ！

二つの波の間からティナが跳《と》び出す。その瞬間《しゅんかん》、スウーピング・イーヴルがそこに飛んでくる。ティナはその背中《せなか》に着地する。渦巻《うずま》く液体《えきたい》からほんの数センチのところだ。ティナはすばやく前に跳《と》び、ニュートの両腕《りょううで》に抱《だ》き留《と》められる。

ほんの一瞬《いっしゅん》、ニュートとティナは見つめ合う。次の瞬間《しゅんかん》、ニュートが手を挙げてスウーピング・イーヴルを呼《よ》び戻《もど》すと、スウーピング・イーヴルはまた繭《まゆ》の形に戻《もど》る。

ニュートはティナの手をつかみ、出口に向かう。

ニュート　行くよ!

シーン74　屋内　死《し》刑《けい》執《しっ》行《こう》室《しつ》の廊《ろう》下《か》――日中

クイニーとジェイコブがわき目もふらずに、廊《ろう》下《か》をどんどん歩いていく。

遠くで警報《けいほう》が鳴る――ほかの魔法使《まほうつか》いたちが、二人と逆方向《ぎゃくほうこう》に急いで行く。

シーン75

屋内　マクーザのロビー――数分後――日中

ロビー中に警報《けいほう》が鳴《な》り響《ひび》く。

誰《だれ》もが混乱《こんらん》している――あちこちに塊《かたま》り、心配そうにしゃべっている者もあれば、切羽つまった不安な顔でおたおた駆《か》け回《まわ》っている者もある。

闇祓《やみばら》いの一団《いちだん》がロビーをビュッと駆《か》け抜《ぬ》け、地下に向かう階段《かいだん》に直行する。

シーン76

屋内　死《し》刑《けい》執《しっ》行《こう》室《しつ》の廊《ろう》下《か》／地下廊《ろう》下《か》——日中

ティナとニュートが手を取り合って地下廊《ろう》下《か》を駆《か》け抜《ぬ》けていく。突《とつ》然《ぜん》闇《やみ》祓《ばら》いの一団《いちだん》に出くわし、二人は柱の陰《かげ》に飛《と》びこむ。呪《のろ》いの攻撃《こうげき》を危《あや》うくかわす。

ニュートが再《ふたた》び解《と》き放ったスウーピング・イーヴルが、柱の周りを旋回《せんかい》し、呪《のろ》いを阻止《そし》して闇《やみ》祓《ばら》いたちを床《ゆか》にたたきつける。

カメラはスウーピング・イーヴルに。闇《やみ》祓《ばら》いの一人の耳を吻《ふん》でさぐっている。

ニュート　（舌打《したう》ち音を出して）**脳《のう》みそを吸《す》うのはよせ！**

さあ！　行くぞ！

ティナとニュートはさらに走る。スウーピング・イーヴルが呪《のろ》いを阻止《そし》しながら、そのあとから飛んでいく。

ティナ　あれは何なの？

ニュート　スウーピング・イーヴル。

ティナ　そう。気に入ったわ！

地下を急ぐクイニーとジェイコブにカメラ。ニュートとティナが全速力で角を曲がったとたん、二人と衝突《しょうとつ》しそうになる。四人は緊張《きんちょう》しきった顔を見合わせる。

次の瞬間《しゅんかん》、クイニーがカバンを指す。

クイニー　入《はい》って！

シーン77 屋内　牢獄《ろうごく》に向かう階段《かいだん》――そのすぐあと――日中

グレイブスが緊迫《きんぱく》した表情《ひょうじょう》で、階段《かいだん》を下りていく。初めてうろたえている。

シーン78 屋内　マクーザのロビー――数分後――日中

クイニーが急いでロビーを突《つ》っ切《き》っていく。急いでいることに気づかれまいと必死だが、早くその場を離《はな》れなければならないことは痛《いた》いほどわかっている。大《おお》勢《ぜい》の魔《ま》法《ほう》使《つか》いが集まっている中から、アバナシーが慌《あわ》てふためいて出てくる。

アバナシー　クイニー！

クイニーは階段《かいだん》を下り始めたところで立ち止まり、振《ふ》り向《む》いて自分を落ち着かせる。アバナシーはクイニーに近づきながらネクタイを直し、冷静で威厳《いげん》のある様子を見せようとする――クイニーの前では、どうしてもどぎまぎしてしまうのだ。

アバナシー　（にっこり笑って）どこへ行くんだ？

クイニーは罪《つみ》のない魅惑《みわく》的な表情《ひょうじょう》で、カバンを後ろに隠《かく》す。

クイニー　あたし……アバナシーさん、あたし……ちょっと具合が悪いの。

クイニーがちょっと咳《せき》をして、目をぱっちりさせる。

アバナシー　またか？　しょうがないな――そこに何を持ってるんだね？

――間

クイニーはすばやく考える。そして息を飲むほど魅力的《みりょくてき》な笑顔《えがお》を見せる。

クイニー　女性《じょせい》のあれこれよ。

クイニーはカバンを前に出して、無邪気《むじゃき》に急ぎ足で階段《かいだん》を上ってアバナシーに近寄《ちかよ》る。

クイニー　ごらんになりたい？　いいわよ。

アバナシーは気恥《きは》ずかしさでどうしようもない。

アバナシー　（ごくんと唾《つば》を飲みこみ）いやとんでもない！　そんな……
それじゃ――お大事に！

クイニー　（甘《あま》い微笑《ほほえ》みを見せ、アバナシーのネクタイを直しながら）ありがとう！

クイニーは即座《そくざ》に後ろを向き、アバナシーを取り残して急いで階段《かいだん》を下りる――アバナシーは胸《むね》をドキドキさせてその後姿《うしろすがた》を見つめる。

シーン79　**屋外　ニューヨーク街角――**
午後の遅《おそ》い時間

カメラはニューヨークの上空からハイワイドで広範囲《こうはんい》を映《うつ》し、立《た》ち並《なら》ぶ建物の屋根にズームしていく。そこから一気に下がって、通りや横丁を映《うつ》しながら、走る車や笑いさざめく子どもたちのそばを通《とお》り過《す》ぎる。

カメラは新セーレム救世軍教会のある横丁で止まる。クリーデンスがメアリー・ルーの次の集会のポスターを貼《は》っている。

横丁にグレイブスが「姿現《すがたあらわ》し」する。クリーデンスは驚《おどろ》いて後退《あとずさ》るが、グレイブスは構《かま》わずまっすぐに近寄《ちかよ》っていく。緊迫《きんぱく》した様子で強い口調。

グレイブス　クリーデンス、子どもは見つけたか？

クリーデンス　無理です。

グレイブスはいらだっているが、平静を装《よそお》い、クリーデンスの手を取る——突《とつ》然《ぜん》、優《やさ》しく愛情《あいじょう》のこもったふりをしてみせる。

グレイブス　見せてごらん。

クリーデンスはヒンヒン哀《あわ》れっぽい声を出しながら身をすくめて、さらに後退《あとずさ》ろうとする。グレイブスはそっとクリーデンスの手を取り、よく見る——手は深い切《き》り傷《きず》に覆《おお》われ、痛々《いたいた》しい生傷《なまきず》から血が出ている。

グレイブス　シー。いい子だ。

早く例の子どもを見つければ、それだけ早くその苦痛《くつう》は過去《かこ》のものになる。

グレイブスは優《やさ》しく、まるで誘惑《ゆうわく》するように親指で傷《きず》をなで、たちまち傷《きず》を治す。クリーデンスが目を見張《みは》る。

グレイブスは何かを決意する。真剣《しんけん》で信頼《しんらい》できる表情《ひょうじょう》をつくり、ポケットから「死の秘宝《ひほう》」のペンダントを下げた鎖《くさり》を取り出す。

グレイブス　これを持っていなさい、クリーデンス。
これは、めったに他人《ひと》に託《たく》さない――

グレイブスはさらに近寄《ちかよ》って、クリーデンスの首にペンダントをかけ、ささやく。

グレイブス　めったにはな。

グレイブスは両手でクリーデンスの首を挟《はさ》み、引《ひ》き寄《よ》せて、静かに親しげに話す。

グレイブス　……しかし、君は――特別だ。

クリーデンスはどう考えてよいかわからない。グレイブスの態度《たいど》に惹《ひ》かれると同時に落ち着かない。

グレイブスはペンダントを手で覆《おお》い、その手をクリーデンスの心臓《しんぞう》の上に置く。

グレイブス　子どもを見つけたら、この印に触《ふ》れて私《わたし》に知らせるんだよ。
すぐに来るから。

グレイブスはクリーデンスにさらに近づき、首のすぐそばに顔を近づける――誘惑《ゆうわく》するようでもあり、脅《おど》すようでもある――そしてささやく。

グレイブス　やり遂《と》げれば、君は魔法界《まほうかい》の英雄《えいゆう》だ。
永遠《えいえん》にたたえられる。

グレイブスがクリーデンスを引《ひ》き寄《よ》せてハグするが、手をクリーデンスの首に当てていて、愛情《あいじょう》よりも支配《しはい》を感じさせる。クリーデンスは、みせかけの愛情《あいじょう》に感激《かんげき》して、目を閉《と》じ、すこし安心した様子だ。

グレイブスは、クリーデンスの首をなでながら、ゆっくりと離《はな》れる。クリーデンスは目を閉《と》じたままで、人肌《ひとはだ》の触《ふ》れ合《あ》いが続いてほしいと願っている。

グレイブス　（ささやく）ほうっておけばその子は死ぬ。時間がないぞ。

グレイブスは、だしぬけに大股《おおまた》で横丁を歩き始め、「姿《すがた》くらまし」する。

シーン80　屋外　屋上で鳩《はと》が鳴いている──夕方

市街地を一望にする屋上。真ん中に小さな木の小屋があり、中が鳩《はと》小屋になっている。

ニュートが屋上の壁《かべ》の張《は》り出《だ》しに上がり、巨大《きょだい》な都市を見おろしている。ピケットがその肩《かた》に座《すわ》り、カチカチという音を出している。

ジェイコブが鳩《はと》小屋を見ているところに、クイニーが入ってくる。

クイニー　おじいさまが鳩《はと》を飼《か》ってたのね？　うちはふくろうだったわ。エサをやるのが楽しかった。

カメラはニュートとティナに——ティナも屋上の壁《かべ》の張《は》り出《だ》しに上がる。

ティナ　グレイブスは、町を破壊《はかい》してるのは魔法《まほう》動物だって、ずっとそう言いはってた。そんな口実をこれ以上使わせないように、逃《に》げた動物を全部捕《つか》まえましょう。

ニュート　残るはあと一匹《ぴき》だ。「デミガイズ」のドゥーガル。
ティナ　ドゥーガル？
ニュート　ちょっと困《こま》ったことに……ん、あいつは目に見えないんだ。
ティナ　（あまりにばかばかしくて、ティナは思わず微笑《ほほえ》む）……目に見えない？
ニュート　そう——たいていは透明《とうめい》になってて……そう……ん……
ティナ　そんなのを、どうやって捜《さが》すの？
ニュート　（笑いを浮《う》かべ始めて）かなり苦労して。
ティナ　まあ……

二人は微笑《ほほえ》みかわす——二人の間に温《あたた》かいものが生まれている。ニュートはまだぎこちないが、微笑《ほほえ》むティナからなぜか目を離《はな》せない。

ティナがゆっくりニュートに近づく。

――間

ティナ　ナーラク！
ニュート　（面食らって）何だって？
ティナ　（この共同作戦が役に立ちそうだと興奮《こうふん》して）ナーラクよ――
私《わたし》が闇祓《やみばら》いだったときに使ってた情報屋《じょうほうや》！
ニュート　副業で魔法《まほう》動物の売買もやってたわ――
動物の足跡《あしあと》にも興味《きょうみ》があるかな？
ティナ　商売になることなら何でも興味《きょうみ》があるはずだわ。

シーン81　屋外　バー「ブラインド・ピッグ」——夜

ティナが一行《いっこう》を連れて、ゴミ容器や木箱や廃棄物《はいきぶつ》でいっぱいの薄汚《うすぎたな》い奥路地《おくろじ》に入っていく。地下アパートに下りる階段《かいだん》を見つけ、一行《いっこう》に下りるように促《うなが》す。

階段《かいだん》の奥《おく》は行き止まりのようだ。入口がレンガでふさいである。どんづまりには、イブニングドレスを着た社交界デビューの若《わか》い女性《じょせい》が、間《ま》の抜《ぬ》けた笑顔で鏡を見つめているポスターが貼《は》ってある。

ティナとクイニーが向き合ってポスターの前に立ち、黙《だま》って一緒《いっしょ》に杖《つえ》を上げる。すると、二人の仕事用の服が、ドキッとするようなパーティ用のフラッパードレスに変わる。ティナはニュートを見上げ、そんな服装《ふくそう》がちょっと気恥《きは》ずかしそうな顔をする。クイニーはいたずらっぽく微笑《ほほえ》んでジェイコブを見つめる。

ティナがポスターの前に出て、ゆっくり杖《つえ》を上げると、その動きを追って若《わか》い女性《じょせい》の両眼《りょうめ》が上に上がっていく。ティナがゆっくりとドアを四度ノックする。

着替《きが》える必要を感じたニュートが、急きょ魔法《まほう》で小さな蝶《ちょう》ネクタイを着ける。

ジェイコブがうらやましそうに見る。

ポスターの女性《じょせい》の目の部分がひっくり返り、のぞき窓《まど》が開く。そこからガードマンが怪《あや》しむようにじろじろ覗《のぞ》く。

シーン82　屋内「ブラインド・ピッグ」――夜

天井《てんじょう》の低い、いかがわしいもぐり酒場。ニューヨーク中の魔法界《まほうかい》のはみ出し者のたまり場だ。ニューヨークの魔《ま》法使《ほうつか》い、魔女《まじょ》の犯罪者《はんざいしゃ》が一人《ひとり》残らずここにいる。自分たちの「お尋《たず》ね者《もの》ポスター」が、自慢《じまん》げに壁《かべ》に掛《か》かっている。**「ゲラート・グリンデルバルド――ヨーロッパで多数のノー・マジを殺害したお尋《たず》ね者《もの》」**というポスターがチラリと見える。

グラマーなゴブリンのジャズシンガーが、ゴブリンの演奏家《えんそうか》が並《なら》ぶステージで、甘《あま》くささやくように歌っている。その杖《つえ》から、歌詞《かし》のイメージが煙《けむり》のように漂《ただよ》っている。何もかも薄汚《うすよご》れて安っぽい。不穏《ふおん》な雰囲気《ふんいき》の享楽《きょうらく》だ。

女性《じょせい》シンガー　ドラゴンに女を奪《うば》われ
フェニックスの　真珠《しんじゅ》の涙《なみだ》が流れた
恋人に冷たくされ
ビリーウィグは　くるくる飛びを忘《わす》れた

恋人たちに去られ
ユニコーンは　角をなくし　ヒッポグリフは　心をなくした

ジェイコブはバーテンがいないように見えるバーで、注文するのを待っている。

ジェイコブ　ここじゃどうやって酒を買うんだ？

どこからともなく、茶色の液体《えきたい》が入った細いボトルがジェイコブの前に滑《すべ》ってくる。ジェイコブはびっくり仰天《ぎょうてん》しながらボトルをキャッチする。
屋敷《やしき》しもべ妖精《ようせい》の頭が現《あらわ》れ、カウンターごしにジェイコブを覗《のぞ》き見《み》る。

屋敷《やしき》しもべ　屋敷《やしき》しもべ妖精《ようせい》を見たことないのか？　え？

ジェイコブ　あ……いやまさか。あるよ。
屋敷《やしき》しもべは大好きだ。

ジェイコブは平気を装《よそお》う——ボトルのコルクを抜《ぬ》く。

ジェイコブ　俺《おれ》の叔父《おじ》も屋敷《やしき》しもべだった。

バーテンの屋敷《やしき》しもべが——だまされてはいない——カウンターで体を持ち上げ、乗り出してジェイコブを見つめる。

クイニーがやってくる。目を伏《ふ》せて注文する。

クイニー　ギグルウォーター《わらいみず》六ショットとロープ・ブラスター《みみたぶとばし》をお願い。

屋敷《やしき》しもべはしぶしぶその場を離《はな》れ、クイニーの注文を準備《じゅんび》する。ジェイコブとクイニーがお互《たが》いを見る。ジェイコブが手を伸《の》ばして、ギグルウォーターの一つを取る。

クイニー　ノー・マジはみんなあなたみたいなの？
ジェイコブ　（まじめに聞こえるように気張《きば》り、ほとんど誘惑《ゆうわく》するように）
いや、俺《おれ》みたいなのは俺《おれ》だけだ。

クイニーとの強い目線を外さないようにしながら、ジェイコブはグラスを飲《の》み干《ほ》す。突然《とつぜん》、ジェイコブの口から、甲高《かんだか》く騒《さわ》がしいヒヒッという笑いが勝手に出てくる。ジェイコブの驚《おどろ》く顔を見て、クイニーがやさしく笑う。

巨人《きょじん》に飲み物を渡《わた》す屋敷《やしき》しもべにカメラ。渡《わた》したマグが、巨人《きょじん》の手ではミニチュアに見える。

テーブルに二人きりで座《すわ》っているティナとニュートにカメラ。いごこちの悪い沈黙《ちんもく》。ニュートは酒場にいる連中を観察している。フードで傷《きず》だらけの顔を覆《おお》った魔法使《まほうつか》いの男女が、ルーン文字《もじ》のサイコロを使って、魔法《まほう》の品を賭《か》けたギャンブルをしている。

ティナ　（周りを見回して）逮捕《たいほ》したことある連中ばかり。
ニュート　詮索《せんさく》するなって言われそうだけど……あそこでさっき見えたんだ。
その……処刑《しょけい》されそうなとき。
新セーレム救世軍の男の子を――抱《だ》きしめてたね。
ティナ　あの子はクリーデンスよ。
母親に虐待《ぎゃくたい》されているの。
他の養子もみんなぶたれているけど、でも彼《かれ》が一番嫌《きら》われてる
みたい。
ニュート　（事情《じじょう》がわかって）それで君は、母親のノー・マジを攻撃《こうげき》した？
ティナ　それで調査《ちょうさ》部をクビになったの。
彼女《かのじょ》の狂信《きょうしん》的な信者の集会で騒《さわ》ぎを起こしちゃって――
全員オブリビエイトする羽目になった。
大問題よ。

クイニーが部屋《へや》のむこうから合図を送る。

クイニー　（ささやき声）あれが彼《かれ》よ。

ナーラクがもぐり酒場の奥《おく》から現《あらわ》れる。葉巻《はまき》をくわえ、ゴブリンにしてはスマートな服装《ふくそう》。
マフィアのボスのような、ずるそうで人をそらさない立《た》ち居振《いふ》る舞《ま》い。歩きながら新顔の客を油断《ゆだん》なく見る。

女性《じょせい》シンガー　（声のみ o.s.）♪そう、愛の熱に浮《う》かされ
猛《たけ》きケモノも　か弱きものも
羽毛も羊毛も獣毛《じゅうもう》のものも
恋《こい》のとりこ　愛の魔法《まほう》♪

ナーラクがニュートたちのテーブルの端《はし》に座《すわ》る。自信に満ち、危険《きけん》な権力《けんりょく》を漂《ただよ》

わせている。屋敷《やしき》しもべがあたふたと飲み物を持ってくる。

ナーラク　それで——あんたか、怪物《かいぶつ》だらけのカバンを持ってるっていうのは?

ニュート　耳が早いですね。何か……動物の痕跡《こんせき》とか目撃情報《もくげきじょうほう》をご存知《ぞんじ》なら、教えてもらえないかと思って。

・ナーラクがグラスを飲《の》み干《ほ》す。別の屋敷《やしき》しもべが、ナーラクにサインしてもらう書類を持ってくる。

ナーラク　あんた、懸賞金《けんしょうきん》付きのお尋《たず》ね者《もの》だぜ、スキャマンダーさんよ。助けるよりも通報《つうほう》するほうがいいだろうが?

ニュート　あなたに損《そん》をさせない取引を、という意味ですね?

屋敷《やしき》しもべがサイン済《ず》みの書類を取って、急いで立ち去る。

ナーラク　ふーむ――まあ、テーブルチャージってことにしよう。

ニュートがガリオン金貨を二枚《まい》取り出してテーブルの端《はし》からナーラクのほうに滑《すべ》らせる。ナーラクはチラリと見るだけ。

ナーラク　（バカにしたように）フン――マクーザの懸賞金《けんしょうきん》のほうが高い。

――間

ニュートは美しいメタルの道具を取り出してテーブルに置く。

ナーラク　望月鏡《ぼうげつきょう》か？
五つ持ってるよ。

ニュートはコートのポケットを探《さぐ》り、凍結《とうけつ》したルビーのように照《て》り輝《かがや》く卵《たまご》を一つ取り出す。

ニュート　アッシュワインダーの冷凍卵《れいとうたまご》！

ナーラク　（ついに興味《きょうみ》を持つ）なるほど——手を打てそうな……

ナーラクは突然《とつぜん》、ニュートのポケットから顔をのぞかせたピケットを見つける。

ナーラク　——ちょっと待て——そいつは……ボウトラックルか？
そうだな？

ピケットは急いでポケットに潜《もぐ》り、ニュートは護《まも》るようにポケットを手で覆《おお》う。

ニュート　いや。

ナーラク　隠《かく》すなよ、そいつはボウトラックルだ――
　　　　　そいつら、鍵《かぎ》を開けるのが得意だろうが？
ニュート　この子はあげられない。
ナーラク　そうか、生きて帰れるといいな、スキャマンダーさんよ。
　　　　　マクーザに追い回されてちゃあな。

ナーラクは立ち上がって去りかける。

ニュート　（苦悶《くもん》しながら）分かった。

ナーラクはニュートに背《せ》を向けたまま、毒々しくにやりと笑う。

ニュートはポケットからピケットを引《ひ》っ張《ぱ》り出《だ》す。ピケットは必死にカチカチ言いながら、哀《あわ》れっぽい声を出してニュートの手にしがみつく。

ニュート　ピケット……

ニュートがのろのろとピケットをナーラクに差し出す。ピケットは小さな腕《うで》を伸《の》ばして、戻《もど》してくれとニュートに泣きつく。ニュートはピケットを見ていられない。

ナーラク　おー、よし……

(ニュートに)目に見えない何かが、五番街をめちゃくちゃにしてたってよ。

メイシーズ・デパートに、お探《さが》しのモンがいるかもな。

(小声でs.v.)ドゥーガルだ。

ニュート　(ナーラクに)なら、あと一つだけ。

マクーザで働いてるグレイブスって――どういう経歴《けいれき》かご存知《ぞんじ》ですか?

ナーラクが目を見張《みは》る。いろいろ知っているらしい——明かすぐらいなら死んだほうがましだという雰囲気《ふんいき》。

ナーラク　あんた知りたがりやだな、スキャマンダーさんよ。
そりゃ命取りだぞ。

ボトルの入った木箱を運ぶ屋敷《やしき》しもべ妖精《ようせい》にカメラ。

屋敷《やしき》しもべ　**マクーザが来る！**

屋敷《やしき》しもべ妖精《ようせい》が「姿《すがた》くらまし」する。ほかの客も慌《あわ》ててそれに続く。

ティナ　（立ち上がって）通報《つうほう》したのね！

ナーラクは脅《おど》すように含《ふく》み笑《わら》いしながら、二人を見つめる。

クイニーの背後《はいご》で、「お尋《たず》ね者《もの》」ポスターが更新《こうしん》されて、ニュートとティナの顔が現《あらわ》れる。

闇祓《やみばら》いたちが、闇《やみ》酒場に「姿現《すがたあらわ》し」し始める。

ジェイコブが、何気ない様子でゆったりとナーラクに近づく。

ジェイコブ　悪いなナーラクのダンナ――

ジェイコブがナーラクの顔にまともにパンチをくらわせ、あおむけにひっくり返らせる。クイニーが大喜びする。

ジェイコブ　――工場のボスに似《に》てたんでね！

闇祓《やみばら》いが、バーにいる客を次々に逮捕《たいほ》している。

ニュートは大急ぎで床《ゆか》を這《は》いまわり、ピケットを探《さが》す。その周りで、闇祓《やみばら》いたちに追われた連中がバーから逃《に》げようと右往左往《うおうさおう》している。ニュートはとうとう、テーブルの脚《あし》にしがみついているピケットを見つけてつかみ、急いでほかの三人と一緒《いっしょ》になる。

ジェイコブはもう一杯《ぱい》ギグルウォーターをグイと引っかけ、ニュートに肘《ひじ》をつかまれながら、やかましい笑い声をあげる。一行《いっこう》は「姿《すがた》くらまし」する。

シーン83 屋内　新セーレム救世軍教会——夜

ほの暗い明かりが一そろいともる細長い部屋《へや》。ほとんど物音がしない。

部屋《へや》の真ん中の長テーブルに、チャスティティがきちんと座《すわ》り、決められたとおりにビラを取《と》り揃《そろ》えて、小さな袋《ふくろ》に次々に入れている。

モデスティは夜着を着てその反対側に座《すわ》り、本を読んでいる。後ろの暗い場所では、メアリー・ルーが自分の寝室《しんしつ》を整えるのに忙《いそが》しい。

モデスティだけが、二階からのカタンという小さな物音に気付く。

シーン84 屋内 モデスティの寝室《しんしつ》――夜

殺風景な部屋《へや》。ベッドがひとつ、石油ランプが一台、壁《かべ》には七つの大罪《たいざい》のアルファベットの刺繍《ししゅう》。モデスティの人形が棚《たな》に並《なら》ぶ。首に縛《しば》り首《くび》の縄《なわ》を巻《ま》いた人形、磔柱《はりつけばしら》に縛《しば》られた人形もある。

クリーデンスがモデスティのベッドの下を探《さぐ》っている。そこに隠《かく》された箱などの品物の中を探《さが》しているが、突然《とつぜん》目を見張《みは》る……

シーン85 屋内 新セーレム救世軍教会――夜

モデスティが階段《かいだん》の下に立って、上を見上げている。ゆっくりと階段《かいだん》を上る。

シーン86　屋内　モデスティの寝室《しんしつ》――夜

ベッド下のクリーデンスの顔にカメラ――クリーデンスがおもちゃの杖《つえ》を見つける。目を離《はな》すことができず、じっと見つめる。

その背後《はいご》に、モデスティが入ってくる。

モデスティ　何してるの、クリーデンス?

クリーデンスは慌《あわ》ててベッドの下から這《は》い出《で》ようとして、頭をぶつける。恐怖《きょうふ》にかられ、埃《ほこり》だらけになって出てきたクリーデンスは、モデスティの声だとわかって安心する。しかしモデスティは、杖《つえ》を見て恐《おそ》れる。

クリーデンス　どこでこれを?

モデスティ　（怖《こわ》がって、小声で）返して、クリーデンス。
ただのオモチャだよ！

ドアが音を立てて開き、メアリー・ルーが入ってくる。その目がモデスティからクリーデンスへ、そしておもちゃの杖《つえ》へと移《うつ》る——これまでにないほど激怒《げきど》している。

メアリー・ルー　（クリーデンスに）何をやってるの？

シーン87　**屋内　新セーレム救世軍教会——夜**

カメラは、ビラを袋《ふくろ》に入れる作業を続けるチャスティティに固定。

メアリー・ルー　（声のみ o.s.）ベルトを取りなさい！

チャスティティが階下から階段《かいだん》の踊《おど》り場《ば》のほうを見る。

シーン88　屋内　新セーレム救世軍教会
二階への踊《おど》り場《ば》――夜

メアリー・ルーが、教会のメイン・ホールを見おろす踊《おど》り場《ば》に立っている。下から見上げると、メアリー・ルーの姿《すがた》は強烈《きょうれつ》で、ほとんど神のように見える。

メアリー・ルーがクリーデンスを振《ふ》り返《かえ》り、強い嫌悪《けんお》感を顔に表しながら、杖《つえ》を二つに折る。

モデスティは身を縮《ちぢ》め、クリーデンスはベルトを外し始める。メアリー・ルーが手を伸《の》ばしてベルトを取る。

クリーデンス　（哀願《あいがん》する）母さん…

メアリー・ルー　私《わたし》はお前の母さんじゃない！　お前の母親は、あの女は邪悪《じゃあく》な魔女《まじょ》だった！

モデスティが二人の間に割《わ》って入る。

モデスティ　それ、あたしの杖《つえ》なの。

メアリー・ルー　モデスティ――

突然《とつぜん》ベルトが、不自然な力でメアリー・ルーの手から飛び出し、死んだ蛇《へび》のように部屋《へや》の隅《すみ》に落ちる。メアリー・ルーは自分の手を見る――ベルトが飛んだ力で、手が切れて血が出ている。

メアリー・ルーは呆然《ぼうぜん》とする――モデスティとクリーデンスを交互《こうご》に見る。

メアリー・ルー（恐《おそ》れを表に出すまいとしている）どういうこと？

モデスティは反抗《はんこう》的にメアリー・ルーをにらみ返している。その背後《はいご》にうずくまり、膝《ひざ》を抱《かか》えて震《ふる》えているクリーデンスが見える。

落ち着きを失うまいとしながら、メアリー・ルーはゆっくりとベルトを取りに行く。ベルトに触《ふ》れる前に、ベルトが床《ゆか》をズルズルと這《は》って離《はな》れていく。

メアリー・ルーは後退《あとずさ》りする。恐怖《きょうふ》で涙《なみだ》が目にあふれている。ゆっくりと二人の子どものほうに振《ふ》り向《む》く。

そのとき、強力な力がメアリー・ルーに向かって爆発《ばくはつ》する。獣的《じゅうてき》な黒い塊《かたまり》が甲《かん》高《だか》い声をあげて彼女《かのじょ》を破壊《はかい》する。得体のしれない力にあおむけに吹《ふ》き飛《と》ばされ、メアリー・ルーは血も凍《こお》る叫《さけ》び声《ごえ》をあげて木の梁《はり》に激突《げきとつ》し、中二階のバルコニーから放りだされる。

メアリー・ルーはメイン・ホールの床《ゆか》にたたきつけられる。死んでいる。その顔には、ショー議員の顔にあったと同じ傷痕《きずあと》がある。

暗黒の力が教会中を飛び回り、テーブルをひっくり返し、手あたり次第すべてを破壊《はかい》していく。

シーン89 屋外 デパート——夜

カメラはデパート全体を捉《とら》えるロングショット。ショーウィンドーには豪華《ごうか》な服を着たマネキンが並《なら》んでいる。

ジェイコブがショーウィンドーに近づき、勝手にマネキンの腕《うで》を滑《すべ》り降《お》りていくように見えるハンドバッグを見つめる。ニュート、ティナ、クイニーがジェイコブのあとから急いでやって来《き》て、バッグが宙《ちゅう》に浮《う》かんでふわふわと店の奥《おく》に入っていくのをじっと見る。

シーン90

屋内　デパート――夜

商品がきれいに並《なら》び、クリスマス飾《かざ》りのあるデパートの店内。高価《こうか》な宝飾品《ほうしょくひん》や靴《くつ》、帽子《ぼうし》、香水《こうすい》などが通路わきにずらりと並《なら》ぶ。夜間で閉店《へいてん》しており、明かりはすべて消えている。物音ひとつしない。

ハンドバッグが、ブーブーという小さな唸《うな》り声と一緒《いっしょ》に、真ん中の通路をふわふわ動いていく。

ニュートたちは忍《しの》び足《あし》で急いで歩き、大きなプラスチック製《せい》のクリスマスの飾《かざ》りの陰《かげ》に隠《かく》れる。浮《う》かぶハンドバッグを目で追う。

ニュート　（ささやき声）デミガイズは普段《ふだん》はおとなしいんだ。でも怒《おこ》らせると凶暴《きょうぼう》になってかみつく。

デミガイズの姿《すがた》が見える——銀色の毛を持つオランウータンのような生き物で、好奇心《こうきしん》の強そうなしわくちゃの顔——商品のディスプレーをよじ上ってお菓子《かし》の箱に手を伸《の》ばす。

ニュート　（ジェイコブとクイニーに）君たち二人は……あっちに回って。

二人が移動《いどう》し始める。

ニュート　なるべく予想しにくい動きをして。

ジェイコブとクイニーは、わけがわからないというように顔を見合わせてから先に進む。

遠くから低い吠《ほ》え声が聞こえる。

デミガイズにカメラ。音を聞きつけ、天井《てんじょう》を見上げる。お菓子《かし》を集めるのをやめ、ハンドバッグに全部搔《か》き入《い》れる。

ティナ　（声のみ o.s.）あれ、デミガイズの声？

ニュート　いや、デミガイズがここに来た理由があれかもしれない。

デミガイズを追ってすばやく移動《いどう》するニュートとティナにカメラ。デミガイズは、今度は店内を通《とお》り抜《ぬ》けていく。

見つかったことに気付いたデミガイズは、問いかけるような目をニュートに向け、脇《わき》の階段《かいだん》を上り始める。ニュートはにやっと笑ってついていく。

シーン91

屋内　デパート、屋根裏《やねうら》の倉庫――夜

大きな暗い屋根裏《やねうら》の空間は、天井《てんじょう》から床《ゆか》まで棚《たな》で埋《う》まり、陶磁器《とうじき》の箱がびっしりと並《なら》んでいる。ディナーセットや紅茶《こうちゃ》のカップ、キッチン用品一般《いっぱん》が入っている。

デミガイズは、月の光が所々さしこむ屋根裏《やねうら》部屋を歩いている。あたりを見回

し、立ち止まって、お菓子《かし》でいっぱいのハンドバッグから中身を出し始める。

ニュート　（声のみ o.s.）あいつの目は、確率《かくりつ》に基《もと》づいてものを見てるんだ。少し先の未来の出来事《できごと》を予測《よそく》する力がある。

デミガイズの背後《はいご》に忍《しの》び寄《よ》るニュートの姿《すがた》がカメラに入る。

ティナ　（声のみ o.s.）それで、今は何してるの？

ニュート　子守だ。

デミガイズがお菓子《かし》を一つつまんで、上のほうの何かに差し出すようなしぐさをする。

ティナ　え？　今なんて言った——？

ニュート　（静かに、ささやくように）僕《ぼく》が悪いんだ。
全部集めたと思ってたけど――数え間違《まちが》えてたらしい。

ジェイコブとクイニーがそっと入ってくる。ニュートは静かに前に進み、デミガイズの横に膝《ひざ》をつく。デミガイスがニュートのために空けてくれた、お菓子《かし》の前の空間に、ニュートは慎重《しんちょう》にカバンを置く。

ティナにカメラ。明かりが動いて、屋根裏《やねうら》の垂木《たるき》に隠《かく》れている大きな生き物が、どんなに巨大《きょだい》かをはっきりと顕《あらわ》す。ティナが恐怖《きょうふ》の表情《ひょうじょう》で見上げる。

ティナ　あれ、の子守をしてたの？

カメラは天井《てんじょう》に。オカミーの顔が見える――カバンの中にいた小さな蛇《へび》のような鳥と同じ顔だが、このオカミーは巨大《きょだい》で、ぐるぐる巻《ま》きのとぐろが屋根裏《やねうら》部屋の空間全体を埋《う》めている。

オカミーはゆっくりとニュートのほうに移動《いどう》してくる。デミガイズが、また甘《あま》いものを高くかざす。ニュートは身動きしない。

ニュート　オカミーは伸縮《しんしゅく》自在《じざい》なんだ。広い場所があれば、それだけ大きくなって——空間を埋《う》める。

オカミーがニュートを見つけて、そのほうに首を伸《の》ばす。ニュートはやさしく手を上げる。

ニュート　ママはここにいるよ。

デミガイズにカメラを向ける。目が明るいブルーに輝《かがや》く——何かが起こるのを予感した印だ。

フラッシュカット

クリスマスの飾《かざ》り玉が床《ゆか》を転がり、オカミーがパニックに陥《おちい》る。その背中《せなか》を抱《だ》いているニュートが部屋《へや》のあちこちに振《ふ》り回《まわ》される。デミガイズが突然《とつぜん》ジェイコブの背《せ》におぶさる。

カメラをデミガイズに戻《もど》す。目が元の茶色に戻《もど》っていく。

クイニーがオカミーをじっと見ながら、ゆっくり前に進む。床《ゆか》に転がっているクリスマス飾《かざ》りの小さなガラス玉を、クイニーがうっかり蹴《け》ってしまい、玉がじゃらじゃら音を立てて転がる。その音に驚《おどろ》いたオカミーが、キーキー鳴きながら伸《の》び上《あ》がる。ニュートが、この巨大《きょだい》な生き物を鎮《しず》めようとする。

ニュート　ようし、ようし！

ジェイコブとクイニーは、何かに隠《かく》れようとして、よろめきながら後退《あとずさ》る。デミガイズが走って逃《に》げ、ジェイコブの腕《うで》の中に飛《と》びこむ。

オカミーが屋根裏《やねうら》を激《はげ》しくのたうち回り、上から飛びかかるようにしてニュートをその背中《せなか》にすくいあげる。壊《こわ》れた棚《たな》が飛び散る。ニュートが大声を出す。

ニュート　みんな、何か虫を見つけて！
何でもいい——虫とティーポットを！
早く捜《さが》して！

ニュートに言われたものを見つけようと、ティナが、大混乱《こんらん》の中を、落下してくるものを避《さ》けながら軍隊のようにほふく前進していく。

オカミーの両翼《りょうよく》が床《ゆか》を強打する。ジェイコブは、いまや背中《せなか》にしがみついているデミガイズのせいで、さんざん躓《つまず》きながら歩いていて、間一髪《かんいっぱつ》で翼《つばさ》を逃《のが》れる。

オカミーがますます暴《あば》れて、ニュートは背中《せなか》につかまっているのが難《むずか》しくなってくる。今やオカミーの両翼《りょうよく》が天井《てんじょう》を叩《たた》き、ビルの屋根を突《つ》き破《やぶ》る。

横を見たジェイコブとデミガイズが、同時に、木箱の上にいる一匹《ぴき》のゴキブリを見つける。ジェイコブが手を伸《の》ばすが、オカミーの体の一部に叩《たた》きつけられて、ジェイコブのチャンスは木箱もろとも壊《こわ》れてしまう。

ティナにカメラ。固い決意で床《ゆか》を這《は》い、逃《に》げた一匹《ぴき》のゴキブリを必死に追うティナ。

クイニーにカメラ。暴《あば》れるオカミーの勢《いきお》いで床《ゆか》に倒《たお》れて悲鳴をあげる。ジェイコブがその背後《はいご》に走り寄《よ》り、ダイビングして床《ゆか》にべったり腹《はら》ばい、ついに逃《のが》したゴキブリをゲットする。ティナがティーポットを手にして立ち上がり、大声で叫《さけ》ぶ。

ティナ　ティーポットよ！

この声でオカミーの頭がまたしても持ち上がり、尻尾《しっぽ》がずるずる動いて、ジェイコブを――デミガイズも一緒《いっしょ》に――垂木《たるき》の一本に押《お》し付けて動けないようにしてしまう。

ジェイコブとティナは今や部屋《へや》の両端《りょうたん》にいる。その間に、オカミーのうろこだらけの尻尾《しっぽ》がうねうねととぐろを巻《ま》いていて、どちらも動こうにも動けない。

ジェイコブとデミガイズにカメラ――デミガイズはこそこそと横を見て、たちまち姿《すがた》を消す。ジェイコブはゆっくりと首を回してデミガイズの見ていたほうを見る――オカミーの顔が今やジェイコブのすぐ目の前だ。ジェイコブがゴキブリを握《にぎ》っているので、オカミーがらんらんと目を光らせて見つめている。ジェイコブは息もできない。

ニュートがオカミーの頭の後ろから覗《のぞ》いて、小声で言う。

ニュート　ゴキブリをティーポットに……

ジェイコブが、すぐそばにいる巨大《きょだい》な生き物と目を合わせないようにしながら、ごくりと唾《つば》をのむ。

ジェイコブ　（オカミーをなだめながら）シー！

ジェイコブがティナに目配せして、何をしようとしているかを警告《けいこく》する。

スローモーション

ジェイコブがゴキブリを放り投げる。空中を飛ぶゴキブリにカメラ。オカミーの胴体《どうたい》がまた動き始め、とぐろを解《と》いて部屋《へや》の中を渦巻《うずま》きながら進む。

ニュートがオカミーの背《せ》から飛《と》び降《お》り、無事に床《ゆか》に着地。クイニーは水切りボールをかぶって頭を保護《ほご》しようとする。

ティナがティーポットを前に突《つ》き出《だ》し、オカミーのとぐろを飛《と》び越《こ》えて走る――勇ましい姿《すがた》だ。部屋《へや》の真ん中で、ティナは膝《ひざ》をついて屈《かが》みこむ。ゴキブリが見事にキャッチされてティーポットに入る。

オカミーが伸《の》び上《あ》がりながら、急速に縮《ちぢ》んで、ティーポットに飛《と》びこむ準備《じゅんび》をする。ティナは頭を低くして、衝撃《しょうげき》に備《そな》える。オカミーはティーポットに向かって高速で下りていき、スルスルと中に入る。

ニュートが飛び出して、ティーポットにしっかり蓋《ふた》をする。ニュートもティナも荒《あら》い息。やっと安心する。

ニュート　伸縮自在《しんしゅくじざい》だ。
狭《せま》い場所なら、それに合わせて縮《ちぢ》みもする。

カメラはティーポットの中に――小さくなったオカミーが、ゴキブリをむさぼっている。

ティナ　正直に言って――カバンから逃《に》げたのはこれで全部？

ニュート　これで全部だ――本当だよ。

シーン92　**屋内　ニュートのカバンの中――**
それから間《ま》もなく――夜

ジェイコブがデミガイズの手を引いて、囲い地の中を歩いている。

ニュート　（声のみ o.s.）ほーら来た。

ジェイコブはデミガイズを持ち上げて巣に入れてやる。

ジェイコブ　（デミガイズに）帰れて嬉《うれ》しいか？　疲《つか》れたよなー？　ほらよ――ほーら行け――よしよし。

ティナは恐《おそ》る恐《おそ》るオカミーの赤《あか》ん坊《ぼう》を抱《かか》えている。ニュートに指示《しじ》されるとおりに、それをそっと巣に戻《もど》す。

カメラをティナに固定。ティナが振《ふ》り向《む》いて、今は自分の囲い地をのし歩いている、あの雌《めす》のエルンペントを見る。すっかり驚《おどろ》き、感心した顔。その表情《ひょうじょう》を見て、ジェイコブがクスクス笑う。

ピケットがポケットの中からニュートを鋭《するど》くつねる。

ニュート　イタッ！

ニュートがピケットを取り出し、ピケットを手の上に乗せたまま、いろいろな囲い地を歩き回る。

お宝《たから》に囲まれて小さな洞穴《ほらあな》に座《すわ》っているニフラーが見える。

ニュート　そうだな……ちゃんと話そう。
あのね、ピケット、あのままやつに渡《わた》しておくつもりはなかったよ。
ピック、君を手放すくらいなら、手を切り落したほうがましだ……
だって君は、あんなにいろいろ僕《ぼく》を助けてくれたじゃないか

――さあ、機嫌《きげん》直して。

ニュートはフランクのいる地区に近づく。

ニュート　ピック、そうむくれるなよ。
すねたらダメだって前にも話し合っただろう？
ピケット――ほら笑って。なあ、ピケット……

ピケットがべーっと小さな舌《した》を突《つ》き出《だ》す。

ニュート　こら――君らしくないぞ。

ニュートはピケットを肩《かた》に乗せ、いろいろな動物に忙《いそが》しく餌《えさ》やりを始める。

ニュートの小屋の中の、美しい女の子の写真にカメラ――意味ありげに微笑《ほほえ》んでいる。クイニーがじっと写真を見る。

クイニー　ねえニュート、誰《だれ》の写真？

ニュート　あ……誰《だれ》でもない。

クイニー　（心を読んで）リタ・レストレンジ？

聞いたことあるわ。レストレンジ家って……あの、ほら？

ニュート　頼《たの》むから心を読まないで。

クイニーがニュートの頭の中にあるストーリーをすっかり読んでしまう間《あいだ》、少しの間《ま》。クイニーは、関心を持つと同時に悲しんでいるように見える。ニュートは、クイニーに心を読まれていないかのようにふるまおうと努力しながら、仕事を続ける。

クイニーがニュートに近づく。

ニュート　（狼狽《ろうばい》し、怒《おこ》って）読まないでって言ったのに。
クイニー　そうね、ごめんなさい。でも読めてしまうの。
ニュート　傷《きず》ついた心は読みやすいから。
クイニー　傷《きず》ついてなんかいないよ。大昔のことだし。
ニュート　学生時代、とても仲が良かったのね。
　（なんでもないというふりをしながら）お互《たが》いはみだし者だったから。
クイニー　それで僕《ぼく》ら……
　――とても親しかった。長い間。
背景《はいけい》にティナが見える。ニュートとクイニーが話しているのに気が付く。
クイニー　（心配そうに）彼女《かのじょ》は「奪《うば》う人」だった。
　あなたには与《あた》える人が必要だわ。

　ティナが二人のほうに歩いてくる。

ティナ　何の話をしてるの？

ニュート　いや……別に。

クイニー　学校の話。

ニュート　そう学校。

ジェイコブ　（上着を着ながら）え、なに学校？

クイニー　学校があるの？　魔法使《まほう》いが行く学校が……アメリカに？

ニュート　もちろんあるわ――イルヴァーモーニー！

ニュート　世界一の魔法《まほう》学校といえば、そこなの！

クイニー　世界一の魔法魔術《まほうまじゅつ》学校はホグワーツだよ！　君だってきっとそう思うだろう。

クイニー　ホグワーシュ《でたらめ》ですって？

大きな雷鳴《らいめい》がとどろく。サンダーバードのフランクが甲高《かんだか》い声で鳴きながら、激《はげ》しく羽ばたいて舞《ま》い上《あ》がっていく。体の色が黒と金色になり、目から稲光《いなびかり》が出ている。

ニュートが立ち上がり、心配そうにその様子を観察している。

ニュート　危険《きけん》だ。危険《きけん》を感じ取ってる。

シーン93　屋外　新セーレム教会——夜

グレイブスが暗がりに「姿現《すがたあらわ》し」する。杖《つえ》を抜《ぬ》き、破壊《はかい》の現場《げんば》を調べながらゆっくりと教会に近づく。心配そうな顔ではなく、むしろ興味《きょうみ》をそそられ、興奮《こうふん》しているように見える。

シーン94 屋内 新セーレム教会――夜

教会は破壊《はかい》されている――月光が屋根の割《わ》れ目《め》から差しこみ、瓦礫《がれき》のなかにチャスティティの死体が横たわっている。

グレイブスは杖《つえ》を構《かま》えたまま、ゆっくり教会に入る。建物のどこかから、得体のしれないすすり泣きが聞こえる。

メアリー・ルーの死体が目の前の床《ゆか》に転がっている――月明かりで、顔に刻《きざ》まれた傷《きず》が見える。グレイブスが死体を調べ、わかった、という表情《ひょうじょう》が浮《う》かぶ――恐怖《きょうふ》はない。ただ油断《ゆだん》なく、強烈《きょうれつ》な関心を示《しめ》している。

カメラはクリーデンスにフォーカス。教会の奥《おく》に身を縮《ちぢ》めてヒンヒン泣きながら、「死の秘宝《ひほう》」のペンダントを握《にぎ》っている。グレイブスが急いで近寄《ちかよ》り、屈《かが》んでクリーデンスの頭を抱《だ》きかかえる。しかしその声には優《やさ》しさのかけらもない。

グレイブス　オブスキュラスを生む者が――ここにいたのか？
どこへ行った？

クリーデンスが顔を上げ、哀願《あいがん》するようにグレイブスを見る――心がどうしようもないほど深く傷《きず》つき、何も説明できない――愛情《あいじょう》を求めてすがっている。

クリーデンス　助けて。お願い……
グレイブス　幼《おさな》い妹がいると言ったな？

クリーデンスはまた泣きだす。グレイブスは片手《かたて》をクリーデンスの首に置く。平静を保《たも》とうとするが、答えを引き出そうとするストレスで顔が歪《ゆが》む。

クリーデンス　僕《ぼく》を助けて……

グレイブス　妹はどこだ、クリーデンス？
　どこへ行った？　妹は？

クリーデンスは震《ふる》えて、はっきりものも言えない。

クリーデンス　僕《ぼく》を助けて……

突然邪険《とつぜんじゃけん》になり、グレイブスはクリーデンスの顔を平手打ちする。

クリーデンスは呆然《ぼうぜん》としてグレイブスを見つめる。

グレイブス　君の妹はとても危険《きけん》な状態《じょうたい》なんだ。
　探《さが》し出《だ》さないと。

クリーデンスは、自分のヒーローに殴《なぐ》られたことが理解《りかい》できずに、ひどく驚《おどろ》いている。グレイブスはクリーデンスをつかんで立ち上がらせ、一緒《いっしょ》に「姿《すがた》くらまし」する。

シーン95 屋外 ブロンクス地区の安アパート――夜

さびれた通り。クリーデンスを連れたグレイブスは、安アパートに近づく。

シーン96

屋内　ブロンクス地区の安アパート、廊《ろう》下《か》――夜

荒《あ》れ果《は》てて惨《みじ》めなアパートだ。クリーデンスとグレイブスが階《かい》段《だん》を上る。

グレイブス　（声のみo.s.）ここはどこだ？

クリーデンス　母さんは、ここからモデスティを引き取った。モデスティは十二人兄弟で……家族と離《はな》れてさみしいって、今でも兄や姉のことを話すんだ。

グレイブスは杖《つえ》を手にして階《かい》段《だん》の踊《おど》り場《ば》でまわりを見回す――そこから、いくつもの出入口が、別々な方向に延《の》び、先は暗くなっている。

クリーデンスはまだショックから回《かい》復《ふく》していない。吹《ふき》抜《ぬ》け階《かい》段《だん》で立ち止まって

いる。

グレイブス　あの子はどこだ？

クリーデンスは下を向く――どうしてよいか分からない。

クリーデンス　分かりません。

グレイブスはますますいらだっている――ゴールがすぐそこだというのに……部屋《へや》の一つにどんどん入っていく。

グレイブス　（侮蔑《ぶべつ》的な口調）君はスクイブだ、クリーデンス。初めて会った時から、匂《にお》いで分かった。

クリーデンスは驚《おどろ》き、失望する。

クリーデンス　え？

グレイブスは廊下沿《ろうかぞ》いにどんどん歩き、別な部屋《へや》を調べる。クリーデンスに愛《あい》情《じょう》を持っているふりをすることなど、忘《わす》れ果てている。

グレイブス　親が魔法使《まほうつか》いでも魔法《まほう》は使えない。
クリーデンス　でも、あなたが魔法《まほう》を教えてくれるって……
グレイブス　教えても無駄《むだ》だ。

あの母親は死んだ。
それで十分《じゅうぶん》だろう。

グレイブスは別の踊《おど》り場《ば》を指す。

グレイブス　もう君に用はない。

クリーデンスは動かない。グレイブスの後《うし》ろ姿《すがた》を見つめる。息づかいが早くなる。何かを抑《おさ》えこもうとしているかのようだ。

グレイブスが暗い部屋《へや》をあちこち回っている。近くで小さな動きを感じる。

グレイブス　モデスティ?

グレイブスは慎重《しんちょう》に、廊下《ろうか》の一番端《はし》の荒《あ》れ果《は》てた部屋に入っていく。

シーン97 屋内 ブロンクス地区の安アパート
荒《あ》れ果《は》てた部屋《へや》――夜

カメラは隅《すみ》にうずくまるモデスティに。恐怖《きょうふ》で目を見開き、震《ふる》えている。グレイブスが近づく。

グレイブス　（ささやくように）モデスティ。

グレイブスが屈《かが》みこみ、杖《つえ》をしまう――またしても優《やさ》しく慰《なぐさ》める親を演《えん》じる。

グレイブス　（優《やさ》しく）大丈夫《だいじょうぶ》だ、怖《こわ》がることはないよ。兄《にい》さんのクリーデンスも一緒《いっしょ》だ。

クリーデンスの名を聞くと、モデスティは恐《おそ》れてヒンヒン泣く。

グレイブス　さあ出ておいで……

グレイブスが手を差《さ》し伸《の》べる。

かすかなジリジリという音。

カメラは天井《てんじょう》に。割《わ》れ目《め》が現《あらわ》れ、蜘蛛《くも》の巣のように広がっていく。壁《かべ》が激《はげ》しく揺《ゆ》れて、ほこりが落ちてくる。二人の周りで部屋《へや》が崩壊《ほうかい》していく。

グレイブスが立ち上がる。モデスティを見おろすが、恐怖《きょうふ》に駆《か》られているだけで、この魔法《まほう》の源《みなもと》でないことが明らかだ。グレイブスは振《ふ》り返《かえ》ってゆっくりと杖《つえ》を抜《ぬ》く。目の前の壁《かべ》が、砂《すな》のように崩《くず》れ落《お》ちる。その向こうにまた壁《かべ》がある。グレイブスにとって、モデスティはもはや何の意味もない。

壁《かべ》が次々に崩《くず》れ落《お》ちていくのを、その場にくぎ付けになって見ているグレイブス。気持ちがたかぶり、同時にとんでもないミスを犯《おか》したことを悟《さと》る……

最後の壁《かべ》が崩《くず》れ落《お》ちる。クリーデンスがその向こうに立っている。烈《はげ》しい怒《いか》り、裏切《うらぎ》られた恨《うら》みや辛《つら》さを抑《おさ》えきれないで、グレイブスを見つめている。

グレイブス　クリーデンス……さっきはすまないことを言った……

クリーデンス　信じてたのに。友だちだと思ってたのに。あなただけは違《ちが》うって……

クリーデンスの顔が歪《ゆが》み始める。怒《いか》りが内側から体を引《ひ》き裂《さ》いていく。

グレイブス　クリーデンス、君なら抑《おさ》えられる。

クリーデンス　（ささやくように。やっとグレイブスと目を合わせながら）グレイブスさん、僕《ぼく》は抑《おさ》えたいとは思わない。

オブスキュラスが、クリーデンスの体の中で恐《おそ》ろしい力で動いている。その口から、ヒトのものではない恐《おそ》ろしい唸《うな》り声とともに、何か黒いものがあふれ出てくる。

その力がついにクリーデンスをのっとり、体が爆発的《ばくはつてき》な勢《いきお》いで黒い塊《かたまり》になる。塊《かたまり》は、危《あや》うくグレイブスに触《ふ》れそうになりながら、激《はげ》しい勢《いきお》いで窓《まど》から飛び出していく。

グレイブスは、オブスキュラスが部屋《へや》から街に出ていくのを、その場に立ってじっと見ている。

シーン98　屋外　ブロンクス地区の安アパート——夜

カメラはオブスキュラスを追う。渦巻《うずま》き捻《ね》じれながら、大混乱《こんらん》を引き起こして街中を動いていく。車は吹《ふ》っ飛《と》び、歩道は爆発《ばくはつ》し、建物はぶち壊《こわ》される——オブスキュラスのあとには破壊《はかい》しか残っていない。

シーン99　屋外　スクワイア・ビルの屋上——夜

ニュート、ティナ、ジェイコブ、クイニーが「スクワイア」という大きな看板《かんばん》の下、ビルの屋上に立っている。屋上の端《はし》から、眼下《がんか》の街の大混乱《こんらん》がはっきり見える。

ジェイコブ　（あまりのものすごさに）うわー……あれがオブスキュラーとか言うヤツ？

サイレンが鳴る。ニュートは破壊《はかい》の大きさに驚《おどろ》きながら見つめている。

ニュート　あんな強いのを生み出す者は初めてだ……

遠くで一段《いちだん》と強い爆発《ばくはつ》音がする。足下の街並《まちな》みが燃《も》え始める。ニュートはカバンをティナの手に押《お》し付《つ》け、内ポケットから日誌《にっし》を取り出す。

ニュート　僕《ぼく》が戻《もど》らなかったら、動物の世話を頼《たの》む。必要なことは、全部ここに、書いてあるから。

ニュートは、ティナとほとんど目を合わすことができないまま、日誌《にっし》を渡《わた》す。

ティナ　えっ？
ニュート　（オブスキュラスを振《ふ》り返《かえ》りながら）殺させないぞ！
二人の目が合う——お互《たが》いに言いたいことがたくさんあるような瞬間《しゅんかん》——次の瞬間《しゅんかん》、ニュートが屋上から飛《と》び降《お》りながら「姿《すがた》くらまし」する。
ティナ　（取《と》り乱《みだ》して）ニュート！
ティナは、カバンをクイニーの腕《うで》の中にバンと置く。
ティナ　聞いたでしょ——動物の世話をして！
ティナが「姿《すがた》くらまし」する。クイニーはカバンをジェイコブに押《お》し付《つ》ける。
クイニー　ネ、あなたが持ってて。

クイニーが「姿《すがた》くらまし」しようとするが、ジェイコブがしっかり捕《つか》まえ、クイニーはためらう。

ジェイコブ　おいおいおいおい！

クイニー　あなたは連れてけない！

ジェイコブ　ジェイコブ、お願い、放して！

クイニー　おい、待てよ！
俺《おれ》のこと仲間だって言ったのは君だ……
忘《わす》れた？
危険《きけん》すぎるわ。

遠くでまた大爆発《ばくはつ》。ジェイコブはクイニーを一層《いっそう》強くつかむ。戦争中のジェイコブの経験《けいけん》を読み取ったクイニーの顔が、驚《おどろ》きと優《やさ》しさの表情《ひょうじょう》に変わる。クイニーはぞっとすると同時に心を動かされる。ゆっくりと、クイニーは片手《かたて》を上げてジェイコブの頬《ほお》に触《ふ》れる。

シーン100 屋外　タイムズスクエア――夜

大混乱《こんらん》のただ中。ビルが燃《も》え、人々が泣《な》き叫《さけ》んで逃《に》げまどっている。路上に、めちゃめちゃになった車がいくつも転がっている。

グレイブスがスクエアを歩いていく。まわりの災難《さいなん》は眼中《がんちゅう》にない。ただ一つのことだけを思《おも》い詰《つ》めている。

オブスキュラスがスクエアの一角でのたうちまわっている。エネルギーはますます狂暴《きょうぼう》になっている――孤独《こどく》と虐待《ぎゃくたい》に傷《きず》つき、苦しむ心が、幾重《いくえ》にも渦巻《うずま》いている――その中に、吠《ほ》え猛《たけ》る赤い光が見《み》え隠《がく》れしている。クリーデンスの苦痛《くつう》に歪《ゆが》んだ顔が、塊《かたまり》の中にわずかに見分けられる。グレイブスは勝《か》ち誇《ほこ》ったようにその前に立っている。

ニュートが同じ通りの少し離《はな》れたところに「姿現《すがたあらわ》し」して、その場を見ている。

グレイブス　（大音響《だいおんきょう》のただ中で、クリーデンスに聞こえるように声を張《は》りあげて）こいつを内に抱《かか》えながら、君はその年まで生き延《の》びた。奇跡《きせき》だよ、クリーデンス、君は奇跡《きせき》だ。私《わたし》と来い——私《わたし》と一緒《いっしょ》なら偉業《いぎょう》を成《な》し遂《と》げられる。

オブスキュラスがグレイブスに近づく——塊《かたまり》の中から悲鳴が聞こえる。暗黒のエネルギーがまたしても爆発《ばくはつ》し、グレイブスは路面に叩《たた》きつけられる。衝撃波《しょうげきは》がスクエア中を走る——ニュートは横倒《よこだお》しの車の陰《かげ》に飛《と》びこむ。

ティナがスクエアに「姿現《すがたあらわ》し」して、ニュートの近くで燃《も》えている別の車の陰《かげ》に隠《かく》れる。二人はお互《たが》いを見る。

ティナ　ニュート！

ニュート　セーレムのあの少年がオブスキュラスを生む者だ。

ティナ　でも、もう小さい子どもじゃないのよ。

ニュート　わかっている——でもあの子の顔が見えた——彼《かれ》自身の力がとても強くて、なんとか生き延《いの》びることができたんだ。信じられないことだけど。

オブスキュラスがまた悲鳴をあげる。ティナは意を決する。

ティナ　ニュート！　彼《かれ》を助けて。

ティナはグレイブスに向かって飛び出していく。何をすべきかを理解《りかい》したニュートは、「姿《すがた》くらまし」する。

シーン101　屋外　タイムズスクエア――夜

グレイブスはだんだんオブスキュラスに近づく。グレイブスの前で、オブスキュラスは悲鳴をあげて泣《な》き叫《さけ》び続ける。グレイブスが杖《つえ》を取り出して構《かま》える……

グレイブスの背後《はいご》に、走ってくるティナが見える。グレイブスに向かって呪文《じゅもん》を発するが、間一髪《かんいっぱつ》でかわされる――グレイブスの反応《はんのう》は舌《した》を巻《ま》くほどすばらしい。

オブスキュラスは消えてしまう。ひどく怒《おこ》ったグレイブスは、ティナの呪文《じゅもん》をいとも簡単《かんたん》にかわしながらティナに詰《つ》め寄《よ》る。

グレイブス　ティナ、おまえってやつは、いつも余計《よけい》なときに現《あらわ》れる。

グレイブスは「呼《よ》び寄《よ》せ呪文《じゅもん》」で乗《の》り捨《す》てられた車を飛ばし、ティナは危《あや》ういところで、飛んでくる車の直下からダイビングして逃《のが》れる。

ティナが起き上がって体勢《たいせい》を立て直したときには、グレイブスはもう「姿《すがた》くらまし」して消えてしまっている。

シーン102　屋内　マクーザの本部――夜

ニューヨーク市の金属製《きんぞくせい》の地図が、強烈《きょうれつ》な魔法《まほう》活動のある地域《ちいき》をライトアップしている。闇祓《やみばら》いのトップ陣《じん》に囲まれたピッカリー議長が、驚愕《きょうがく》して地図を見ている。

ピッカリー議長　止《と》めなさい。
さもないと、魔法《まほう》の存在《そんざい》が知れ、戦争になります。

闇祓《やみばら》いたちはただちに「姿《すがた》くらまし」する。

シーン103　屋外　ニューヨークのあちこちのビルの屋上——夜

ニュートがオブスキュラスを追いかけている——ビルの屋上から屋上へと、できる限《かぎ》りの素早《すばや》さで飛《と》び移《うつ》りながら「追跡《ついせき》——姿現《すがたあらわ》し」している。

ニュート　クリーデンス、クリーデンス！
僕《ぼく》が力になる。

オブスキュラスがニュートに向かって突《つ》っこんでくるが、危機一髪《ききいっぱつ》でニュートが「姿《すがた》くらまし」し、また屋上伝いに追跡《ついせき》を続ける。

走るニュートの周りで呪文《じゅもん》が炸裂《さくれつ》し、屋上を次々に壊《こわ》していく。かなりの数の闇祓《やみばら》いが現《あらわ》れてオブスキュラスを前面から攻撃《こうげき》し、オブスキュラスを必死に追いかけているニュートに、危《あや》うく当たりそうになる。ニュートは跳《と》んで呪文《じゅもん》を避《よ》けながら、懸命《けんめい》にオブスキュラスに追いつこうとする。

オブスキュラスは呪文《じゅもん》を避《さ》けて方向転換《てんかん》し、悲鳴をあげながら退《しりぞ》き、別の場所に下りていく。そのあとの屋上には、黒い雪のような切片《せっぺん》が漂《ただよ》っている。

強烈《きょうれつ》な力を見せつけて、オブスキュラスが、今度は空高くドラマチックに伸《の》び上《あ》がる。呪文《じゅもん》が、四方八方から青や白の電光のようにオブスキュラスを攻撃《こうげき》する。ついにオブスキュラスは地面に墜落《ついらく》し、広い無人の通りを走《はし》り抜《ぬ》ける——行く手にあるものすべてを破壊《はかい》する、黒い津波《つなみ》だ。

シーン104　屋外　地下鉄駅の外――夜

銃《じゅう》を構《かま》えた警官《けいかん》が並《なら》び、襲《おそ》ってくる恐《おそ》ろしい超自然《ちょうしぜん》の力に銃口《じゅうこう》を向けている。

黒い塊《かたまり》が渦巻《うずま》きながら直撃《ちょくげき》してくるのを見て、混乱《こんらん》した警官《けいかん》たちの警戒《けいかい》の表情《ひょうじょう》がパニックに変わる。警官《けいかん》が発砲《はっぽう》する――しかし、止めることなどできそうにない巨大《きょだい》な動く塊《かたまり》の前では、何の役にも立たない。オブスキュラスがそこに到達《とうたつ》した時には、警官隊《けいかんたい》はすでにばらばらになって逃《に》げ出《だ》している。

シーン105

屋外　ニューヨーク市街／屋上――夜

ニュートにカメラ。高層《こうそう》ビルの上に立ち、オブスキュラスが周りのビルよりも高く伸《の》び上《あ》がって、地下鉄の「シティホール駅」のそばの地面に激突《げきとつ》するものすごい光景を見ている。

突然《とつぜん》の静寂《せいじゃく》。地下鉄入口に留《とど》まるオブスキュラスの、脈打ち、うねり、悲鳴をあげる息づかいが聞こえる。

ニュートが見ている間に、黒い塊《かたまり》がとうとう縮《ちぢ》んで消え、クリーデンスの小さな姿《すがた》が、地下鉄に続く階段《かいだん》を下りていく様子が見える。

シーン106　屋内　地下鉄――夜

ニュートが地下鉄「シティホール駅」の構内《こうない》に「姿現《すがたあらわ》し」する。アールデコのモザイクを施《ほどこ》した細長いトンネルだ。オブスキュラスが通った跡《あと》が残っている。シャンデリアがきしみながら揺《ゆ》れ、タイルが何枚《まい》も剝《は》がれ落ちている。追《お》い詰《つ》められたパンサーのような、不安な深い息づかいが聞こえる。

オブスキュラスが天井《てんじょう》を漂《ただよ》っていく。ニュートが、音の中心を探《さが》して、プラットフォームをそろそろと進んでいく。

シーン107 屋外 地下鉄入口――夜

闇祓《やみばら》いたちが地下鉄入口を囲む。杖《つえ》を歩道と空中に向け、入口の周りを見えないエネルギーの壁《かべ》で囲む。

援軍《えんぐん》の闇祓《やみばら》いたちが到着《とうちゃく》する。グレイブスもその中にいる――周囲をさっと見回し、状況《じょうきょう》を読み、すぐさま指揮《しき》をとる。

グレイブス　付近を封鎖《ふうさ》しろ。地下には誰一人《だれひとり》入れるな！

魔法《まほう》の障害区域《しょうがいくいき》が閉《と》じようとする直前、下の隙間《すきま》から転がって入りこみ、誰《だれ》にも気付かれずに地下に直行する姿《すがた》がある――ティナだ。

シーン108　屋内　地下鉄——夜

ニュートは地下鉄構内《こうない》のトンネルの暗がりで、オブスキュラスを見つける。ずっと静かになり、電車の線路の上でゆっくり渦巻《うずま》いている。ニュートは柱の陰《かげ》に隠《かく》れて呼《よ》びかける。

ニュート　クリーデンス……クリーデンスだろう?
助けに来たんだ、クリーデンス。
君を傷《きず》つけたりしない。

遠くで足音がする。慎重《しんちょう》に一定の速度で歩いてくる。

ニュートは柱の陰《かげ》から出て、線路の上に立つ。オブスキュラスの塊《かたまり》の中に、怯《おび》えてうずくまっているクリーデンスの姿《すがた》がおぼろげに見える。

ニュート　クリーデンス、僕《ぼく》は、同じ力を持つ人に会ったことがある——女の子だ。小さな女の子。牢屋《ろうや》に入れられ、長い間閉じこめられていた。魔法《まほう》を使った罰《ばつ》でね。

クリーデンスはじっと聞いている——自分と同じ者がいるとは、夢《ゆめ》にも思ったことがない。オブスキュラスはゆっくりと解《と》け去っていく。そのあとには、線路にうずくまるクリーデンスがいる——怯《おび》えた子どもだ。

ニュートは線路の上にしゃがむ。そちらを見たクリーデンスの顔に、かすかな希望が兆《きざ》す——いまならまだ引き返せるだろうか？

ニュート　クリーデンス、そっちに行っていいかい？
行っていいかな？

ニュートがゆっくりと前に進む。その時、暗がりから鋭《するど》い閃光《せんこう》が走り、ニュートは呪文《じゅもん》であおむけに吹き飛《ふと》ばされる。

強烈《きょうれつ》な目的意識《いしき》をあらわにしたグレイブスが、トンネルの中をどんどん近づいてくる。

グレイブスがニュートに向かって続けざまに呪文《じゅもん》を発射《はっしゃ》する。クリーデンスは逃《に》げようとする。ニュートは転げて中央の柱に逃《に》げこみ、そこから呪文《じゅもん》を発射《はっしゃ》するが、いとも簡単《かんたん》に撥《は》ねのけられてしまう。

クリーデンスは線路の上をよろめきながら逃《に》げるが、突然《とつぜん》立《た》ち往生《おうじょう》する——ヘッドライトに照らされたウサギのように——電車だ。暗闇《くらやみ》からまぶしい光が近づいてくる。

クリーデンスを助けられるのはグレイブスしかいない——魔法《まほう》でクリーデンスを電車の行く手からはじき飛ばす。

シーン109　屋外　地下鉄入口——夜

ピッカリー議長が魔法《まほう》の障害区域《しょうがいくいき》の中で状況《じょうきょう》を視察《しさつ》する。

カメラは見物客や警官隊《けいかんたい》の主観ショット。

地下鉄の周りに人が集まり始める。地下鉄を囲む泡《あわ》のような魔法《まほう》のドームを見つめる人々の叫《さけ》びやざわめきが、だんだん大きくなる。新聞記者たちが寄《よ》ってきて、我勝《われが》ちに夢中《むちゅう》でその場の写真を撮《と》っている。

ショー・シニアとバーカーが人ごみを掻《か》き分《わ》けてやってくる。

ショー・シニア　あれに息子《むすこ》を殺された——このままではおかん。

ピッカリー議長にズームする。外の群衆《ぐんしゅう》を見ている。

ショー・シニア　(声のみ o.s.) 正体を暴《あば》いてやる。何ものなのか、何をしたのか、暴《あば》いてやる。

シーン110　**屋内　地下鉄構内《こうない》——夜**

グレイブスがプラットフォームに立って、線路上に立つニュートと一対一の戦いを続けている。クリーデンスはニュートの背後《はいご》で縮《ちぢ》こまっている。

ニュートの応戦《おうせん》に飽《あ》き飽《あ》きしたかのように、グレイブスがついに放った呪文《じゅもん》は、線路の上をさざ波のように流れてニュートを撃《う》ち、空中高く吹《ふ》き飛《と》ばす。

あおむけに倒《たお》れたニュートに、グレイブスはすぐさま追い打ちをかけ、鞭《むち》を打つような動きで呪文《じゅもん》をかける。一打ちごとに呪文《じゅもん》がますます強力になる。グレイブスの魔力《まりょく》は明らかに強大で、ニュートは阻止《そし》することができずにもだえ苦しむ。

シーン三　屋外　地下鉄入口――夜

ロングショット

発光し振動《しんどう》するエネルギーの壁《かべ》が、内側に抑《おさ》えこんでいる魔法《まほう》の力で、今や脈動的に強い光を放っている。

酔《よ》ったラングドンが、この光景に驚《おど》き、圧倒《あっとう》されてじっと見つめている。

ショー・シニア （周りのカメラマンたちに）おい！　写真を撮《と》れ！

シーン112　屋内　地下鉄構内《こうない》――夜

グレイブスがニュートを鞭打《むちう》ち続けている。目には狂《くる》ったような光が燃《も》えている。

クリーデンスにズームする。トンネルの少し離《はな》れたところですすり泣いている。震《ふる》え始める。体の中に湧《わ》き上がってくる動く塊《かたまり》を押《お》さえようとして、顔色がだんだん黒くなる。

ニュートが痛《いた》みで叫《さけ》び声《ごえ》をあげ、クリーデンスはついに暗い力に屈服《くっぷく》する――体が打ち負かされ、黒いものに包まれる――オブスキュラスが立ち上がり、グレイブスに向かってトンネルを暴走《ぼうそう》する。

グレイブスはすっかり魅了《みりょう》される――巨大《きょだい》な黒い塊《かたまり》の下にひざまずく――驚嘆《きょうたん》して哀願《あいがん》するように。

グレイブス　クリーデンス……

オブスキュラスはこの世のものとも思われない悲鳴をあげ、グレイブスに向かって上から突《つ》っこんでいく。グレイブスは間一髪《かんいっぱつ》のところで「姿《すがた》くらまし」する。オブスキュラスはトンネルの中を暴走《ぼうそう》し続ける。

グレイブスとニュートは、オブスキュラスの行く手を避《さ》けて、構内《こうない》のあちこちで「姿《すがた》くらまし」と「姿現《すがたあらわ》し」を繰《く》り返《かえ》す。そのため、駅構内《えきこうない》の崩壊《ほうかい》がますます進む。突然《とつぜん》、オブスキュラスの力が加速し、巨大《きょだい》な波となってあたり全体を破壊《はかい》しつくし、屋根を突《つ》き破《やぶ》って外に飛び出す。

シーン113
屋外　地下鉄入口――夜

オブスキュラスが歩道を突《つ》き破《やぶ》って出てくる。魔法使《まほうつか》いもノー・マジも一斉《いっせい》に見つめる。塊《かたまり》は建築途中《けんちくとちゅう》の超高層《ちょうこうそう》ビルを這《は》い上がり、すべての階の窓《まど》ガラスを割《わ》り、電気のケーブルを爆破《ばくは》し、ついに上層階《じょうそうかい》の鉄の足場に達《たっ》する。折れ曲がった足場は今にも崩《くず》れそうだ。

地上では、魔法障害区域《まほうしょうがいくいき》の外にいる群衆《ぐんしゅう》が、安全な場所を求めて逃《に》げまどう。

オブスキュラスは平たい円盤《えんばん》の形になり、再《ふたた》び地下鉄に飛《と》びこむ。

シーン114 屋内 地下鉄構内《こうない》――夜

オブスキュラスは叫《さけ》び声《ごえ》をあげ、地下鉄の屋根を突《つ》き破《やぶ》って飛《と》びこむ――一瞬《いっしゅん》、ニュートもグレイブスもやられてしまいそうになる。二人は線路に突《つ》っ伏《ぶ》して、黒い力の下で身を縮《ちぢ》める。

ティナ
（声のみ o.s.）**クリーデンス、やめて！**

ティナが線路に駆《か》けこんでくる。

グレイブスの顔にあと数センチのところでオブスキュラスの動きが止まる。ゆっくりと、とてもゆっくりと、立ち上がって退《しりぞ》き始める。ティナを見つめながら、渦《うず》が和らいでいく。その気味の悪い目を、ティナはまっすぐに見つめ返す。

ティナ　もうやめて——お願い。

ニュート　ティナ、声をかけ続けて——君の言うことなら彼《かれ》に届《とど》く。あの子は聞いてるよ。

オブスキュラスの中で、クリーデンスはティナに助けを求めている。純粋《じゅんすい》な親切を示《しめ》してくれたただ一人の人だ。打ちひしがれ、怯《おび》えて、クリーデンスはティナを見ている。鞭《むち》打たれている自分を救ってくれたあの時からずっと、クリーデンスはティナのことを夢《ゆめ》に見ていた。

ティナ　あの女の仕打ちは知ってるわ……つらかったでしょう……

こんなことはもうやめて……
ニュートと私《わたし》があなたを守るわ……

グレイブスが立ち上がる。

ティナ　（グレイブスを指さして）その男は――あなたを利用してるのよ。
グレイブス　耳を貸《か》すな、クリーデンス。
君を自由にしてやる。大丈夫《だいじょうぶ》だ。
ティナ　（クリーデンスに。落ち着かせながら）そう、それでいいのよ。

オブスキュラスは縮《ちぢ》み始める。恐《おそ》ろしい顔が人間的になり、クリーデンス自身の顔に戻《もど》りつつある。
突然《とつぜん》、闇祓《やみばら》いたちが大挙して、構内《こうない》への階段《かいだん》からトンネルに入ってくる。ティナの背後《はいご》に、大勢《おおぜい》の闇祓《やみばら》いが攻撃《こうげき》的に杖《つえ》を構《かま》えて近づいてくる。

ティナ　シー！　やめて！　怖《こわ》がらせないで。

オブスキュラスは恐《おそ》ろしいうめき声をあげ、再《ふたた》び膨《ふく》れ上《あ》がり始める。構内《こうない》が崩《くず》れる。ニュートとティナがくるりと振《ふ》り向き、二人とも両手を腰《こし》に当て、肘《ひじ》を張《は》って立ちはだかり、クリーデンスを守ろうとする。

グレイブスもくるりと振《ふ》り向き、杖《つえ》を構《かま》えて闇祓《やみばら》いたちに対峙《たいじ》する。

グレイブス　杖《つえ》を下ろせ！　手を出すな！
彼《かれ》を傷《きず》つけたりしたら――私《わたし》が許《ゆる》さん――
(クリーデンスに向かって) クリーデンス！

ティナ　クリーデンス……

闇祓《やみばら》いたちがオブスキュラスに呪《のろ》いを浴びせ始める。

グレイブス　よせ！

黒い塊《かたまり》の中に、悲鳴をあげているクリーデンスの歪《ゆが》んだ顔が見える。呪文《じゅもん》の攻《こう》撃《げき》が続き、クリーデンスは痛《いた》みに吠《ほ》える。

シーン115　屋外　地下鉄入口――夜

地下鉄を囲む魔法《まほう》障害《しょうがい》区域《くいき》が壊《こわ》れ、群衆《ぐんしゅう》はその場から逃《に》げようとしている。
ショー・シニアとラングドンだけが動かない。

シーン116 屋内 地下鉄――夜

闇祓《やみばら》いたちが、苛烈《かれつ》な呪文《じゅもん》を、オブスキュラスに容赦《ようしゃ》なく打《う》ちこみ続ける。攻撃《こうげき》に耐《た》えかねて、オブスキュラスはついに内破《ないは》したように見える――白い魔《ま》法《ほう》の光の球が、黒い塊《かたまり》にとって代わる。

破壊《はかい》の衝撃《しょうげき》で、ティナ、ニュートそして闇祓《やみばら》いたちがのけぞって倒《たお》れる。

すべてのエネルギーが鎮《しず》まる。残ったのはちぎれちぎれになった黒い物質《ぶっしつ》だけだ――羽根のように宙《ちゅう》に漂《ただよ》っている。

ニュートが立ち上がる。その顔に深い悲しみが滲《にじ》んでいる。ティナは倒《たお》れたまま泣いている。

しかし、グレイブスは線路からプラットフォームに上り、黒い塊《かたまり》の残骸《ざんがい》にできるだけ近づこうとする。

闇祓《やみばら》いたちがグレイブスに近づく。

グレイブス　愚《おろ》か者たちめ。何をしたか分かっているのか？

グレイブスが煮《に》えくり返《かえ》って怒《おこ》っているのを、闇祓《やみばら》いたちが興味深《きょうみぶか》げに眺《なが》めている。

ピッカリー議長が闇祓《やみばら》いたちの背後《はいご》から現《あらわ》れ、厳格《げんかく》な口調で反問する。

ピッカリー議長　グレイブス長官、オブスキュラスを生む者は殺せと、私《わたし》が命じました。

グレイブス　ええ、議長、あなたの今夜の行いは歴史に残るだろうな。

グレイブスはプラットフォームをピッカリー議長のほうに歩いていく。脅《おど》すような口調だ。

グレイブス　今夜したことが、大きな過《あやま》ちだとしてね！

ピッカリー議長　彼《かれ》は一人のノー・マジの命を奪《うば》いました。魔法界《まほうかい》の存在《そんざい》を暴露《ばくろ》しそうになり、我々《われわれ》の最も神聖《しんせい》な法律《ほうりつ》を犯《おか》したのです。

グレイブス　（辛辣《しんらつ》に笑いながら）その法律《ほうりつ》のせいで、我々《われわれ》はドブネズミのようにコソコソと、本当の自分を押《お》し殺《ころ》して生きねばならない！
その法律《ほうりつ》のせいで、正体を知られないようにと、常《つね》にビクビク怯《おび》えていなければならない！
議長、ひとつお聞きしたい――

（鋭《するど》く全員を見渡《みわた》して）――ご一同に聞きたい。
誰《だれ》を守るための法だ？
我々《われわれ》か？
（地上にいるノー・マジを漠然《ばくぜん》と指すようにして）それとも彼《かれ》らか？
（苦笑いしながら）私《わたし》はもう従《したが》えないね。

グレイブスは闇祓《やみばら》いたちから離《はな》れていく。

ピッカリー議長　（横に並《なら》ぶ闇祓《やみばら》いたちに）闇祓《やみばら》いたち、ミスター・グレイブスから杖《つえ》をお預《あず》かりし、つれ戻《もど》して――

グレイブスがプラットフォームを歩いて去っていくと、突然《とつぜん》行く手を阻《はば》む白い光の壁《かべ》が現《あらわ》れる。

グレイブスは一瞬《いっしゅん》考える——嘲笑《ちょうしょう》といらだちが顔をよぎる。グレイブスが振《ふ》り向《む》く。

グレイブスは自信たっぷりにプラットフォームを大股《おおまた》で戻《もど》っていき、対峙《たいじ》する二つのグループの闇祓《やみばら》いに呪文《じゅもん》を投げつける。四方八方からグレイブスに呪文《じゅもん》が飛ぶが、グレイブスはそのすべてをかわす。闇祓《やみばら》いたちが数人吹《ふ》き飛《と》ばされる——グレイブスが勝ったかのように見えるが……

その瞬間《しゅんかん》ニュートがポケットから繭《まゆ》を取り出し、グレイブスに向かって投げる。スウーピング・イーヴルがグレイブスの周りを飛び、グレイブスの呪文《じゅもん》からニュートと闇祓《やみばら》いたちをまもる盾《たて》になる。その隙《すき》に、ニュートが杖《つえ》を上げる。

この時のためのとっておきの魔法《まほう》とばかり、ニュートが呪文《じゅもん》を飛ばす。パチパチと音をたてて光る魔法《まほう》の縄《なわ》が飛び出し、グレイブスに鞭《むち》のように巻《ま》き付《つ》く。縄《なわ》に締《し》め付《つ》けられながら、グレイブスはほどこうともがく。しかし、よろけ、もつれて膝《ひざ》をつき、杖《つえ》を落とす。

ティナ　　アクシオ！

グレイブスの杖《つえ》がティナの手に飛んでくる。グレイブスは憎《にく》しみを込《こ》めた目で二人を見る。

ニュートとティナがゆっくりと近づく。ニュートが杖《つえ》を上げる。

ニュート　　レベリオ、現《あらわ》れよ。

グレイブスが変身する。髪《かみ》は黒からブロンドに変わり、目は青くなる。お尋《たず》ね者《もの》ポスターにあった男だ。まわりがざわめく。**グリンデルバルドだ。**

ピッカリー議長がグリンデルバルドに近づく。

グリンデルバルド　（軽蔑《けいべつ》したように）お前たちなんかがこの私《わたし》を捕《とら》えておけると思うのか？

ピッカリー議長　やってみましょう、ミスター・グリンデルバルド。

グリンデルバルドはピッカリー議長を強いまなざしで見つめる。嫌悪《けんお》の表情《ひょうじょう》が軽い嘲《あざけ》り笑いに変わる。二人の闇祓《やみばら》いがグリンデルバルドを引っ立て、地下鉄入口に連行する。

ニュートのそばを通る時、グリンデルバルドが立ち止まる――嘲《あざけ》り笑いを見せる。

グリンデルバルド　これが最後、かね？

グリンデルバルドは地下鉄駅から連れ去られる。ニュートは物思いにふけりながらそれを見ている。

タイムカット

クイニーとジェイコブが、闇祓《やみばら》いたちを掻《か》き分《わ》けて前に出てくる。ジェイコブはニュートのカバンを持っている。

クイニーはティナを抱《だ》きしめる。ニュートはジェイコブを見つめる。

ジェイコブ　なあ……これ、誰《だれ》かが見張《みは》ってなきゃと思って。

ジェイコブがカバンをニュートに渡《わた》す。

ニュート　（心から感謝《かんしゃ》して、謙虚《けんきょ》に）ありがとう。

ピッカリー議長が地下鉄駅の壊《こわ》れた屋根から外の世界を見ながら、全員に向かって言う。

ピッカリー議長　スキャマンダーさん、あなたには申《もう》し訳《わけ》ないことをしました。でも、魔法界《まほうかい》の存在《そんざい》が知られてしまったのです！　街の全員をオブリビエイトすることはできませんし……

間。事実の重みが伝わる。

ニュートがピッカリー議長の視線《しせん》を追っているとき、屋根から、巻《ま》きひげ状《じょう》の黒い物質《ぶっしつ》――オブスキュラスのわずかな部分――が、ふわりと落ちてくる。誰《だれ》も気付かないが、その小片《しょうへん》は結局また浮《う》かび上《あ》がって離《はな》れていき、本体と結合しようとしている。

間。ニュートは身近な問題に注意を戻《もど》す。

ニュート　そうでもない。できますよ。

タイムカット

ニュートは天井《てんじょう》にぽっかり開いた穴《あな》の下にカバンを置いて、大きく開く。

カバンを開くニュートにカメラを寄《よ》せながらズームする。

大きな羽ばたきと疾風《しっぷう》を伴《ともな》って、突然《とつぜん》フランクが飛び出す――闇祓《やみばら》いたちが後《あと》退《ずさ》る。うっとりするほど美しい生き物だが、力強く羽ばたいて頭上に浮《う》かぶ姿《すがた》は、恐《おそ》ろしくもある。

ニュートが進み出る――フランクを眺《なが》める。その顔に心からの優《やさ》しさと誇《ほこ》りが表れている。

ニュート　アリゾナに着いてから出すつもりだったけど……
フランク、今はお前だけが頼《たよ》りなんだ。

顔を見合わせるニュートとフランク――心が通じ合う。ニュートは腕《うで》を伸《の》ばして愛撫《あいぶ》し、フランクはくちばしを押《お》し付けて愛情《あいじょう》を示《しめ》す――二人は愛《いと》し気《げ》に顔を摺《す》り寄《よ》せる。

その場の誰《だれ》もが、畏怖《いふ》の念をもって見ている。

ニュート　僕《ぼく》も寂《さび》しいよ。

ニュートがフランクを離《はな》れて、ポケットからスウーピング・イーヴルの毒液《どくえき》を入れたガラス瓶《びん》を取り出す。

ニュート　（フランクに）あとは分かってるね？

ニュートがガラス瓶《びん》を空高く放り上げる――フランクが鋭《するど》く一声鳴いて、それをくちばしに加え、すぐさま地下鉄から天へと舞《ま》い上《あ》がる。

シーン117 屋外 ニューヨーク――空――夜明け

ノー・マジも闇祓《やみばら》いたちも、地下鉄から飛び出したフランクの姿《すがた》を見て悲鳴をあげ、ひるむ。フランクは夜明けの空に舞《ま》い上《あ》がっていく。

カメラは、どんどん高く舞《ま》い上《あ》がっていくフランクを追う。その翼《つばさ》がますます強く、早く羽ばたくにつれて、雷雲《らいうん》が湧《わ》き起《お》こる。稲光《いなびかり》が光る。ニューヨークをずっと下に見て、旋回《せんかい》しながら上昇《じょうしょう》するフランクをカメラが追う。

フランクのくちばしをズームする。しっかりとくわえたガラス瓶《びん》がついに割《わ》れる。強力な毒液《どくえき》が雨雲に拡散《かくさん》され、魔力《まりょく》を与《あた》え、雨雲をより濃厚《のうこう》にする。真っ暗な空にまぶしい青い光が閃《ひらめ》き、雨が降《ふ》り始《はじ》める。

シーン118 屋外 地下鉄入口――夜明け

カメラは俯瞰《ふかん》で捉《とら》える。空を見上げている群衆《ぐんしゅう》に、上からカメラを落としていく。降《ふ》りだした雨に打たれた途端《とたん》、人々はすなおに動き始める――悪い思い出が洗《あら》い流された。誰《だれ》もが、異常《いじょう》なことなど何もなかったように、日常《にちじょう》の仕事に戻《もど》っていく。

闇祓《やみばら》いたちが街中を回り、都市を建て直すための修復呪文《しゅうふくじゅもん》をかけていく。ビルも車も元《もと》に戻り、街並《まちな》みが通常《つうじょう》に戻《もど》る。

ラングドンにカメラ。雨の中に立ち、表情《ひょうじょう》が和らいでいる。雨が顔を洗《あら》うにつれて、無表情《むひょうじょう》になっていく。

手にした銃《じゅう》を不思議そうに見る警官《けいかん》たちにカメラ——どうして銃《じゅう》を抜《ぬ》いたのだろう？　徐々《じょじょ》に気を取りなおし、警官《けいかん》たちが武器《ぶき》をしまう。

小さな家の中で、若《わか》い母親が優《やさ》しく家族を見ている。一口水を飲んだ母親の顔が無表情《むひょうじょう》になる。

闇祓《やみばら》いたちが通りを修復《しゅうふく》している。壊《こわ》れた電車の線路を元通りにし、破壊《はかい》の痕《こん》跡《せき》はすべて消す。一人が新聞のスタンド前を通り、新聞に呪文《じゅもん》をかけると、ニュートとティナの顔写真が消え、なんでもないお天気情報《じょうほう》に変わる。

銀行頭取《とうどり》のビングリー氏が自宅《じたく》でシャワーを浴びている。シャワーのお湯がかかると、オブリビエイトされる。ビングリー氏の奥《おく》さんが歯を磨《みが》きながら無表《むひょう》情《じょう》になり、無頓着《むとんちゃく》な顔になる。

フランクはニューヨークの上空を回りながら上昇《じょうしょう》し続けている。その動きにつれ、ますます多くの雨雲が掻《か》き立《た》てられる。フランクの羽が見事な金色に輝《かがや》いている。最後にフランクは、ニューヨークの夜明けの光の中に飛び去っていく。荘《そう》厳《ごん》な光景。

シーン119 屋内 地下鉄プラットフォーム――夜明け

ピッカリー議長の目の前で、地下鉄の屋根がたちまち修復《しゅうふく》される。

ニュートが全員に話しかける。

ニュート　みんな何も覚えていませんよ。

ピッカリー議長　あの薬には強い忘却《ぼうきゃく》の作用があるんです。
（感心して）あなたに大きな借りができましたね、スキャマンダーさん。

ニュート　さあ──カバンを持ってニューヨークから出ていってください。
分かりました、議長。

ピッカリー議長が立ち去りかけ、闇祓《やみばら》いたちもそれに続く。突然彼女《とつぜんかのじょ》が振《ふ》り返《かえ》る。その心を読んだクイニーが、ジェイコブを守るようにその前に立ち、ジェイコブを隠《かく》そうとする。

ピッカリー議長　そこにまだノー・マジがいるわね？
（ジェイコブを見て）オブリビエイトしなさい。
例外があってはなりません。

ピッカリー議長は、全員の苦しそうな顔を読みとる。

ピッカリー議長　悪いけど――目撃者《もくげきしゃ》は一人も残せないわ……
法は法ですから。

間。全員の落胆《らくたん》ぶりを見て、気の毒に思う。

ピッカリー議長　お別れを言うのを許《ゆる》しましょう。

議長が立ち去る。

シーン120 屋外 地下鉄駅——夜明け

ジェイコブが先に立って、地下鉄から出る階段《かいだん》を上っていく。クイニーがそのすぐ後ろをついていく。

雨はまだ激《はげ》しく降《ふ》り、通りには、忙《いそが》しく動き続ける数人の闇祓《やみばら》いのほかには、もうほとんど誰《だれ》もいない。

ジェイコブが階段《かいだん》の最後の段《だん》まで上って、雨を見つめる。クイニーが追いついて、通りに出ていかないでと言いたげに、ジェイコブの上着を引《ひ》っ張《ぱ》る。ジェイコブがクイニーを振《ふ》り返《かえ》る。

ジェイコブ　おい……なあ、いいんだよ、これで。
（みんなの視線《しせん》を受け止めて）だって——俺《おれ》なんか……

ホントなら、もともとここにいるはずじゃなかった。

ジェイコブは涙《なみだ》を見せまいとする。クイニーは悲しみでいっぱいの美しい顔でジェイコブを見上げる。ティナもニュートも、信じられないほど悲しそうだ。

ジェイコブ

俺《おれ》なんか、何にも知らないはずだった。

みんな知ってるよな、ニュートが俺《おれ》をここまで連れてきたのは

――

あれ――ニュート、何で俺《おれ》を連れ回したんだ？

ニュートははっきり説明しなければならないが、そう簡単《かんたん》には言えない。

ニュート

君が好きだから……君は……友だちだから。

ジェイコブ、僕《ぼく》を助けてくれたこと、ずっと忘《わす》れないよ。

間。ジェイコブは、ニュートの答えに心を揺《ゆ》さぶられる。

ジェイコブ　そうか……！

クイニーが階段《かいだん》を上がってジェイコブに近づく――二人は寄《よ》り添《そ》って立つ。

クイニー　（ジェイコブを元気づけるように）ねえ、あたしも一緒《いっしょ》に行く。二人でどこかへ行っちゃいましょう――どこでもいいわ――ね、あなたみたいな人、どこにもいないわ――

ジェイコブ　（勇敢《ゆうかん》に）そこらにいっぱいいるよ。

クイニー　ううん……ちがうわ……あなたみたいな人はあなただけよ。

耐《た》えられないほどの悲しみ。

ジェイコブ　（間）もう行かなきゃ。

ジェイコブは雨の降《ふ》る外を見て、涙《なみだ》をぬぐう。

ニュート （追いかけながら）ジェイコブ！

ジェイコブ （微笑《ほほえ》んで見せようとする）大丈夫《だいじょうぶ》だ……大丈夫《だいじょうぶ》……大丈夫《だいじょうぶ》。夢《ゆめ》から覚《さ》めるようなもんだろ？

三人が微笑《ほほえ》み返す。力づけるように。辛《つら》さを和らげようとして。

三人を見ながらジェイコブが後ろ向きになって歩き出す。上を見上げて腕《うで》を広げ、雨がすっかり体中に降《ふ》り注《そそ》ぐようにする。

クイニーが杖《つえ》で魔法《まほう》の傘《かさ》を作り、ジェイコブのほうに歩いていく。ジェイコブのそばに立ち、その顔を優《やさ》しくなで、目を閉《と》じて屈《かが》みこみ、優《やさ》しくジェイコブにキスする。

クイニーがゆっくりと離《はな》れる。ずっとジェイコブを見つめたままで。そして突《とつ》然《ぜん》消える。ジェイコブは両腕《りょううで》を伸《の》ばして、愛《いと》し気《げ》に誰《だれ》かを抱《だ》きしめるように立っている。腕《うで》の中には誰《だれ》もいない。

完全に「目覚めた」ジェイコブの顔をズームする。無表情《むひょうじょう》で、どうしてこんな場所に、土砂降《どしゃぶ》りの中に立っているのだろうと、混乱《こんらん》している。やがて通りを歩きだす——孤独《こどく》な姿《すがた》。

シーン121
屋外　ジェイコブの缶詰《かんづめ》工場――一週間後――夕方

疲《つか》れはてたジェイコブが、おなじようなつなぎを着た生産ラインの労働者の群《む》れに交じって、一日のハードな仕事を終えて出てくる。くたびれた革《かわ》のカバンを持っている。

男が近づいてくる――ニュートだ。二人がぶつかり、ジェイコブのカバンが弾《はじ》かれて落ちる。

ニュート　あっ失礼――すみません！

ニュートはすばやく、そして意図的に去っていく。

ジェイコブ　（誰《だれ》だかまったく分からない）おい！

ジェイコブが屈《かが》んでカバンを拾おうとして、不思議そうにカバンを見る。突然《とつぜん》とても重くなっている。留《と》め金《がね》が勝手に外れる。ジェイコブはちょっと笑って屈《かが》み、カバンを開ける。

中には純銀《じゅんぎん》のオカミーの卵《たまご》の殻《から》がぎっしり詰《つ》まっている。メモが留《と》めつけてある。ジェイコブが読むと、ニュートの声が聞こえる。

ニュート　（声のみ v.o.）コワルスキー殿《どの》
君の才能《さいのう》は缶詰《かんづめ》工場では生かせない。
オカミーの卵《たまご》の殻《から》を担保《たんぽ》に、パン屋を開いてください。
匿名《とくめい》の支援者《しえんしゃ》より

シーン122 屋外　ニューヨーク市の波止場《はとば》――翌日《よくじつ》

人ごみの中を歩くニュートの足元をズームする。

ニュートはニューヨークを離《はな》れようとしている。コートを着て、ハッフルパフのスカーフを首にかけ、カバンはしっかりとひもで縛《しば》ってある。

ティナが並《なら》んで歩いている。二人は乗船ブリッジの前で止まる。ティナがもじもじしている。

ニュート　（にっこりして）その……いろいろと……

ティナ　ほんとにそうね！

間。ニュートが顔を上げる。ティナは何かを期待するような表情《ひょうじょう》。

ティナ　あのね、ニュート……
　　　　あなたにお礼を言わなきゃ。
ニュート　何のお礼？
ティナ　だってほら、あなたがピッカリー議長に、私《わたし》のことを褒《ほ》めてくれたから、私《わたし》また調査《ちょうさ》部に戻《もど》れたのよ。
ニュート　ああ——調査《ちょうさ》されるなら、君にされるのがいいなと思って。

別のことを言おうとしていたのに、もう遅《おそ》い……
ニュートはちょっとばつの悪い思いをする。ティナは恥《は》ずかしそうに感謝《かんしゃ》する。

ティナ　なるべく調査《ちょうさ》されないで済《す》むようにしてね。
ニュート　そうする。これからは大人しくしてる……
　　　　魔法省《まほう》に戻《もど》って……、原稿《げんこう》を本にして……
ティナ　楽しみにしてる。

「幻《まぼろし》の動物とその生息地」ね。

二人は少し微笑《ほほえ》む。間。ティナは勇気を出して言う。

ティナ　リタ・レストレンジは読書好きなの？
ニュート　え？　誰《だれ》だって？
ティナ　あなたが持っている写真の女性《じょせい》——
ニュート　リタは今何が好きなのか、よく知らないんだ。
人は変わるから。
ティナ　そうね。
ニュート　（はっと気が付く）僕《ぼく》も変わった。
そんな気がする。ちょっとだけ。

ティナは嬉《うれ》しくなるが、どう言い表してよいか分からない。かわりに、泣くまいとこらえる。船の汽笛が響《ひび》く——乗客はほとんど乗船し終わっている。

ニュート　本が出たら一冊《さつ》送らせてもらっていいかな。

ティナ　ええ、待ってるわ。

ニュートがティナをじっと見る——不器用な愛情表現《あいじょうひょうげん》だ。やさしくティナの髪《かみ》に触《ふ》れる。ほんの少しの間、二人は見つめ合う。

最後にもう一度見つめて、ニュートは突然《とつぜん》立ち去る。立《た》ち尽《つ》くすティナは、手を上げて、ニュートが撫《な》でた髪《かみ》に触《ふ》れる。

そこへニュートが戻《もど》ってくる。

ニュート　ごめん、やっぱり——本が出たら……じかに届《とど》けに来てもいいかな？

ティナがぱっと輝《かがや》くような笑顔《えがお》を見せる。

ティナ　ええ待ってるわ――とっても楽しみ。

ニュートは我知《われし》らずにっこり微笑《ほほえ》み返し、それから背《せ》を向けて去っていく。

乗船ブリッジの途中《とちゅう》でニュートが立ち止まる。たぶん、どうすべきか迷《まよ》っている。しかし、結局振《ふ》り返《かえ》らずに、そのまま船に入っていく。

ティナは誰《だれ》もいなくなった波止場《はとば》に立っている。歩き始めたときには、踊《おど》るような弾《はず》んだ足取りになっている。

シーン123　屋外　ジェイコブのパン屋――ローワー・イースト・サイド――三か月後

にぎやかなニューヨークの街角のワイド・ショット――通りには露店《ろてん》が並《なら》び、忙《いそが》しく行きかう人々や馬や馬車でにぎわっている。

感じのよい小さなパン屋にカメラ。かわいらしい小さな店には大勢《おおぜい》の客が群《むら》がっている。「**コワルスキー**」という店の名前が描《か》いてある。ショーウィンドーを面白そうに覗《のぞ》く人々。たくさんのパンを抱《かか》えて幸せそうに店を出ていくお客たち。

シーン124 屋内　ジェイコブのパン屋
ローワー・イースト・サイド――日中

新しい客が来たことを知らせる入口のベルをズームする。

カウンターのパン、菓子《かし》パンをズームする。ファンタジックな形のパンばかりだ――デミガイズ、ニフラー、エルンペントの形のパンも見える。

ジェイコブはとても幸せそうに客に対応《たいおう》している。店はお客で溢《あふ》れ返《かえ》っている。

女性客《じょせいきゃく》　（小さなパンをじっと見ながら）どうしてこんなのを思いつくの？　コワルスキーさん。

ジェイコブ　さあ、どうしてだろうね――なんとなく思いつくんですよ！

そのお客にパンを渡《わた》す。

ジェイコブ　はいどうぞ――パンをお忘《わす》れなく――まいど。

ジェイコブは後ろを振《ふ》り向《む》いて、使用人の一人に呼《よ》びかけ、鍵《かぎ》を渡《わた》す。

ジェイコブ　ほい！――倉庫の鍵《かぎ》だ。
よろしくな。

またベルが鳴る。

目を上げたジェイコブは、またしてもドキッとする。クイニーだ。二人は見つめ合う――クイニーがにっこりと輝《かがや》くような微笑《ほほえ》みを見せる。ジェイコブはとまどいながらも、すっかり魅《み》せられて、首に手をやる――チラリと記憶《きおく》がよぎる。ジェイコブが微笑《ほほえ》み返す。

謝辞

スティーブ・クローブスとデイビッド・イェーツの知恵と根気がなければ、『ファンタスティック・ビーストと魔法使いの旅』の映画シナリオは完成していないでしょう。たくさんのご指摘、励ましの言葉、改善案、お二人から頂いたそのすべてのものに、心から感謝しています。「レディのほうをドレスに合わせろ」というスティーブの忘れがたい名言に従って学習した今回の経験は、魅力的であり、挑戦的でもあり、落ち込んだり、高揚したり、時には腹を立ててしまうこともありましたが、最終的には、すばらしく実りの多いもので、何物にも代えがたい最高の経験でした。二人がいなければ、この仕事をやり遂げることはできませんでした。

デイビッド・ヘイマンとは「ハリー・ポッター」シリーズの映画化の最初の段

階から一緒に仕事をしてきました。彼がいなければ、「ファンタスティック・ビースト」は、はるかにつまらない作品になっていたことでしょう。ロンドンのソーホーでの、あの張りつめたランチから思うと、ずいぶんと遠くまで来たものだと思います。彼は、ハリー・ポッターの時と同じように、今度はニュートに、持てる知識と経験と、献身的な協力を惜しみなく与えてくれています。

「ファンタスティック・ビースト」の一連のフランチャイズは、ケビン・ツジハラなくしては実現しなかったことでしょう。「幻の動物」のアイデアそのものは、二〇〇一年にチャリティ本を刊行した時に芽生え、それをずっと抱えていたのですが、ケビンがいたからこそ、ニュートの物語を映画にする決心ができました。ケビンのかけがえのない支援があったからこそ実現した企画であることを思えば、彼こそが最大の功労者だと言えます。

最後に、忘れてはならないのが、このプロジェクトに絶大な支持を与え続けてくれた私の家族です。私が一年間一度も休暇を取らずに働き続けたプロジェクトだったにもかかわらず、支え続けてくれました。あなたたちがいなかったら、私はどうなっていたことか。きっと暗く孤独で、創作意欲など湧かなかったことでしょう。ニール、ジェシカ、デイビッド、ケンジー、どこまでもすてきな、おもしろくて愛情溢れる家族でいてくれてありがとう。しかも、「ファンタスティック・ビースト」が、時にはどんなに危なっかしく、時間のかかるものになるかもしれないのに、それでも私が続けるべきだと信じてくれて、ありがとう。

- **屋外**　屋外撮影。
- **屋内**　屋内撮影。
- **カメラを固定**　カメラを特定の被写体に向けること。
- **カメラをシーンに戻す**　あるシーンに置ける人物や展開に焦点を当てたあと、カメラをより大きなシーンに向けること。
- **声のみ（O.S.《オフ・シーン》）**　スクリーン外のアクションや、映っていない人物の話し声のこと。
- **声のみ（V.O.《ボイス・オーバー》）**　そのシーンには存在していない人物の声で、セリフが語られること。

・ジャンプカット
重要なシーンを映したあと、同じアングルから次の重要なシーンを映すこと。たいていは、ごく短い時間の経過を示すのに使われる。

・ズームする
カメラが、人物や物を近くから映すこと。なお、カメラが「寄る」場合はカメラ自体を移動させ、「ズームする」場合はカメラを固定したまま被写体に近づく。

・ソット・ボーチェ(s. v.)
小声やささやき声のこと。

・タイムカット
一つのシーンの中で時間経過をとばすこと。

・〜の主観ショット
ある特定の人物の視点から映すこと。

・ハイワイド
上方から広いアングルで、被写体やシーンを見下ろすように映すこと。

・パン/ホイップ・パン
カメラの動きのこと。固定されたカメラがゆっくりと回転し、ある対象から次の対象を映していく、というものがある。ホイップパンとは、ある対象から次の対象へと、カメラが非常に速く動くこと。

・フラッシュカット
きわめて短い切り返しショットのこと。フレームと同じくらい短い場合もある。

・モンタージュ
空間、時間、情報を一つのシークエンスに凝縮した連続ショット。音楽が付けられることが多い。

・ロングショット
被写体の全体を映し出すこと。多くは、被写体がどのような場所に置かれているのかを明らかにする。作中で、状況を説明する際に使われることが多い。

キャスト、クルー

配給：ワーナー・ブラザース映画
製作：ヘイデイ・フィルムズ
デイビッド・イェーツ

ファンタスティック・ビーストと魔法使いの旅

監督：デイビッド・イェーツ
脚本：J.K.ローリング
製作：デイビッド・ヘイマンp.g.a.、J.K.ローリングp.g.a.、
スティーブ・クローブスp.g.a.、ライオネル・ウィグラムp.g.a.
製作総指揮：ティム・ルイス、ニール・ブレア、リック・セナ
撮影：フィリップ・ルースロ、A.F.C. ／ ASC
美術：スチュアート・クレイグ
編集：マーク・デイ
衣装：コリーン・アトウッド
音楽：ジェームズ・ニュートン・ハワード

キャスト
ニュート・スキャマンダー：エディ・レッドメイン
ティナ・ゴールドスタイン：キャサリン・ウォーターストン
ジェイコブ・コワルスキー：ダン・フォグラー
クイニー・ゴールドスタイン：アリソン・スドル
クリーデンス・ベアボーン：エズラ・ミラー
メアリー・ルー・ベアボーン：サマンサ・モートン
ヘンリー・ショー・シニア：ジョン・ボイト
セラフィーナ・ピッカリー：カーメン・イジョゴ
&
パーシバル・グレイブス：コリン・ファレル

作者について

J.K. ローリングは、不朽の人気を誇る「ハリー・ポッター」シリーズの著者。1990年、旅の途中の遅延した列車の中で「ハリー・ポッター」のアイデアを思いつくと、全7巻のシリーズを構想して執筆を開始。1997年に第1巻『ハリー・ポッターと賢者の石』が出版、その後、物語の完結までにはさらに10年を費やし、2017年に第7巻『ハリー・ポッターと死の秘宝』が出版された。シリーズに付随して、チャリティのための短編『クィディッチ今昔』と『幻の動物とその生息地』(ともに慈善団体〈コミック・リリーフ〉と〈ルーモス〉を支援)、『吟遊詩人ビードルの物語』(〈ルーモス〉を支援)も執筆。また、舞台劇『ハリー・ポッターと呪いの子』の脚本にも協力し、脚本集として出版された。その他の児童書に『イッカボッグ』(2020年)『クリスマス・ピッグ』(2021年)があるほか、ロバート・ガルブレイスのペンネームで発表し、ベストセラーとなった大人向け犯罪小説「コーモラン・ストライク」シリーズも含め、その執筆活動に対して多くの賞や勲章を授与されている。J.K. ローリングは、慈善信託〈ボラント〉を通じて多くの人道的活動を支援するほか、子供向け慈善団体〈ルーモス〉の創設者でもある。J.K. ローリングに関するさらに詳しい情報はjkrowlingstories.comで。

本書は二〇一七年に静山社より刊行された同名書を文庫化したものです。

松岡佑子 訳

翻訳家。国際基督教大学卒、モントレー国際大学院大学国際政治学修士。日本ペンクラブ会員。スイス在住。訳書に「ハリー・ポッター」シリーズ全7巻のほか、「少年冒険家トム」シリーズ、映画オリジナル脚本版「ファンタスティック・ビースト」シリーズ、『ブーツをはいたキティのはなし』、『とても良い人生のために』、『イッカボッグ』、『クリスマス・ピッグ』（以上静山社がある）

ファンタスティック・ビーストと魔法使いの旅
映画オリジナル脚本版

2024年11月6日　第1刷発行

著者　J.K.ローリング
日本語版監修・翻訳　松岡佑子
発行者　松岡佑子
発行所　株式会社静山社
〒102-0073 東京都千代田区九段北1-15-15
電話・営業 03-5210-7221
https://www.sayzansha.com
翻訳協力　井上里
ルーシー・ノース
日本語版デザイン　坂川事務所＋鳴田小夜子
組版　アジュール
印刷・製本　中央精版印刷株式会社

Published by Say-zan-sha Publications, Ltd.
ISBN 978-4-86389-905-6 Printed in Japan